OBJETO CINTILANTE: HISTÓRIA SULFÚREA

OBJETO CINTILANTE: HISTÓRIA SULFÚREA

ANDRÉ TIMM

FARIA E SILVA

Rio de Janeiro, 2024

Objeto Cintilante: história sulfúrea

Faria e Silva é uma empresa do Grupo Editorial Alta Books (STARLIN ALTA EDITORA E CONSULTORIA LTDA).

ISBN: 978-65-6025-069-7

Impresso no Brasil — 1ª Edição, 2024 — Edição revisada conforme o Acordo Ortográfico da Língua Portuguesa de 2009.

Dados Internacionais de Catalogação na Publicação (CIP)
(Câmara Brasileira do Livro, SP, Brasil)

Timm, André
Objeto cintilante / André Timm. --
Rio de Janeiro : Faria e Silva Editora, 2024.

ISBN 978-65-6025-069-7

1. Ficção brasileira I. Título.

24-195389 CDD-B869.3

Índices para catálogo sistemático:

1. Ficção : Literatura brasileira B869.3

Tábata Alves da Silva - Bibliotecária - CRB-8/9253

Faria e Silva é uma Editora do Grupo Editorial Alta Books

Produção Editorial: Grupo Editorial Alta Books
Diretor Editorial: Anderson Vieira
Editor da Obra: Rodrigo Faria e Silva
Vendas Governamentais: Cristiane Mutüs
Gerência Comercial: Claudio Lima
Gerência Marketing: Andréa Guatiello

Produtora Editorial: Milena Soares
Revisão: Alessandro Thomé e Denise Himpel
Projeto Gráfico e Diagramação: Aurélio Corrêa
Capa: Humberto Nunes

ALTA BOOKS
GRUPO EDITORIAL

Rua Viúva Cláudio, 291 — Bairro Industrial do Jacaré
CEP: 20.970-031 — Rio de Janeiro (RJ)
Tels.: (21) 3278-8069 / 3278-8419
www.altabooks.com.br — altabooks@altabooks.com.br
Ouvidoria: ouvidoria@altabooks.com.br

Editora **afiliada à:**
abdr
ASSOCIADO CBL Câmara Brasileira do Livro

Parte I

ESGUICHO

A morte nas chamas é a menos solitária das mortes. É, verdadeiramente, uma morte cósmica, onde todo um universo se aniquila com o pensador. A fogueira é um companheiro de evolução.

Gaston Bachelard

1

O HOMEM TRANSPIRA AOS BORBOTÕES. Ondas de calor, fogachos, sudoreses noturnas, agora e antes. Dentro do homem, uma estação completamente diferente daquela do lado de fora do carro. Fora: o mato congelado pela geada, o silêncio dos bichos entocados, a ausência dos insetos em torno das lâmpadas dos postes, a paleta desbotada do inverno e o ar gelado que queima quando entra. Dentro: os vidros embaçados do medo que o homem expira, o medo do homem ao ler a mensagem que acaba de chegar, medo do segundo pior cenário possível, fora descobrir que a própria filha está morta. O carro tem sensores. Sensores fotoelétricos, sensores *slot* e cortinas de detecção de peças, sensores ultrassônicos, de pedestre, de ponto cego, de obstáculos, de mudança involuntária de faixa. O homem não tem sensores. Se tivesse, todas as luzes de alerta estariam acesas, todos os bipes, as mensagens intermitentes que piscam e anunciam o perigo iminente, a falha, o ponto de ruptura. Mas o homem tem nome. Se chama Dante. É pai de Antônia, que, segundo a mensagem, foi sequestrada. Mensagem que explodiu na tela do celular, que também é todo sensores. A notificação do WhatsApp quebra o breu do interior do carro, que por alguns instantes se converte num fulgor neon iluminando o rosto surpreso de Dante. Então Antônia não havia se matado. Então Antônia não havia resolvido desaparecer, nem estava simplesmente os ignorando. Nenhuma das hipóteses que ele e Alice, sua mulher, haviam cogitado acerca do desaparecimento de Antônia eram reais, o que não tornava as coisas menos trágicas. Sequestrada? A mensagem de áudio dizia numa toada agressiva que Antônia seria devolvida mediante o pagamento de 50 mil reais. O relógio de Dante mostra o pulso acelerar. O coração trepida, e na próxima mensagem de áudio, uma mulher grita desesperada por socorro, apelando que o pai venha salvá-la logo, pois a estão machucando. Se Dante tivesse sensores, poderia identificar se aquela era mesmo a voz de Antônia. Mas e a polícia? É para isso que a polícia serve, certo? Ir com a polícia, fazer com que a polícia garanta que ninguém seja morto, exceto os bandidos. Acionar a polícia, pagar a polícia. Mas e se os bandidos tiverem sensores, equipamentos capazes de identificar quem chega, inclusive a polícia? E logo Dante soa presciente, porque a próxima mensagem diz que ao mínimo sinal de polícia, a filha morre na hora, e morrer não seria o pior que aconteceria com ela. Cinquenta mil até meia-noite. Mas Dante ainda tem alguma esperança, liga para o celular de Antônia, que está desligado, assim como esteve nas últimas 24 horas. Então Dante liga para Alice, na esperança de que Antônia, nesse meio-tempo, tenha ligado ou aparecido em casa, mas não. "Cinquenta mil até meia-noite nessa localização que eu vou te mandar. É bom vir logo", diz a pessoa do outro lado da tela. Sequestrada? A mesma Antônia que brincava de se enfiar por baixo da camisa dele, a mesma Antônia que gostava de dar sustos na mãe, a mesma Antônia que preferiu contar a ele, antes, a primeira menstruação, o primeiro beijo. A mesma Antônia que nos últimos anos parecia cada vez menos Antônia. Cinquenta mil até meia-noite. A seta do GPS no celular apontava um destino incerto e, para Dante, restava arriscar e descobrir se, de fato, aquilo que estava a pouco mais de trinta quilômetros dali era sua filha ou qualquer outra coisa que não fosse Antônia.

2

A PAISAGEM PASSANDO VELOZ PELAS JANELAS DO CARRO competia com as lembranças correndo em disparada pela cabeça de Dante. Memórias represadas tentando acompanhar uma cidade que, para ele, àquela hora, era frenética, apesar de sonolenta para a maioria, porque o tempo é relativo, ao contrário do medo, que, naqueles termos e naquele contexto, era absoluto. Assim, trilhar esse itinerário era se mover sob um emaranhado de sonhos, delírios e aflições pairando logo acima dos telhados, que, por sua vez, flutuavam sobre milhares e milhares de cabeças que produzem isso a que se chama inconsciente coletivo, que se mistura de um jeito quase indecifrável e em boa parte indistinguível disso que se chama internet, tornando extremamente complexo identificar onde começa um e termina a outra. Fronteiras muito mais indistintas do que os caminhos bem delimitados que o GPS mostrava no aplicativo de mapas. A seta branca perfeitamente acomodada entre os traçados destacados em azul, caminhos que um desconhecido, que há apenas uma hora nunca havia cruzado a vida de Dante, agora dizia levarem à Antônia.

Um trajeto agora interrompido diante de uma única rua cuja entrada estava impedida por um carro atravessado. Uma rua que, devido a sua conformação estreita, permitia a passagem de apenas um veículo por vez. Dante parou o automóvel lentamente, mantendo o motor ligado e os faróis acesos. Olhou ao redor, na expectativa de que alguém surgisse, porque em determinados momentos parecia que o faixo de luz de seu carro cruzava com o branco dos olhos de alguém escondido entre a arquitetura confusa daquela outra cidade que se desenhava a sua frente, apesar de ser a mesma. À sua esquerda, a luz de um poste parecia prestes a queimar, intermitente de uma maneira que quase soava como um alerta. À sua direita, bem próximo dali, uma torre de transmissão se somava à paisagem, construída na região devido àquele ser um dos pontos mais altos da cidade. Dante sempre achou curioso como Antônia não tinha medo algum de altura, ao contrário dele. Uma disparidade perfeitamente ilustrada durante uma viagem ao Uruguai, quando, em dado momento, acharam que seria divertido subir até o alto do farol de Cabo Polonio, uma importante construção na região e que à época já existia havia cerca de 130 anos. Diziam os locais que, antes de o farol existir, eram recorrentes os naufrágios devido à perigosa geografia do lugar, e também à fama de águas amaldiçoadas e repletas de armadilhas, temidas por capitães e piratas acostumados a navegar por ali com bússolas que se perdiam e giravam sem rumo, como que assombradas. O fato, no entanto, foi que, enquanto Antônia, com seus 10 anos, subiu com completa desenvoltura os degraus da escada em caracol e passou pela minúscula porta, circundando o farol através da pequena murada externa no topo, junto a outros turistas e acenando para Alice, que havia ficado lá embaixo, Dante parou ligeiramente recuado da saída, abaixando-se e apoiando as costas contra a parede, buscando algum conforto temporário a partir de algo que lhe mostrasse que mesmo àquela altura, estava seguro. Entretanto, ali, diante dos olhos ocultos que o perscrutavam, sentia-se sem chão também. E mesmo esperando que alguém chegasse a qualquer momento, não foi sem surpresa que viu três homens surgirem de trás das construções a sua frente, carregando fuzis apontados em sua direção. Se houvesse um último momento, a derradeira oportunidade de fuga, seria esse. Depois, não haveria mais volta. Uma marcha a ré rápida, com sorte, o tiraria vivo daquele lugar, mas a que preço? Apostar na possibilidade do golpe e fugir ou correr o risco de carregar para sempre na consciência a morte da filha? Qual seria sua contribuição com o inconsciente coletivo? Libertação e alívio ou covardia e penitência? Os homens avançavam em sua direção, as armas empunhadas, gritando para que ele desligasse o carro. Um de cada lado e outro exatamente a sua frente, com movimentos e ameaças cada vez mais hostis, até chegarem a uma distância em que a fuga ficou num lugar sem volta. Enquanto dois sustentavam as miras na direção de sua cabeça, o terceiro ameaçava quebrar a janela do motorista com a coronha do fuzil. Dante desligou o carro, abaixou o vidro e levantou as mãos, submisso, com toda sua atenção voltada para a explicação que precisava dar aos três, que o questionavam sem parar sobre o que viera fazer ali. Dante apontou para o celular. Retirou-o devagar do suporte no painel, mostrando as mensagens e a localização. Os homens então se afastam do carro e conversam entre si, sem nunca perderem Dante de vista. Um deles saca um celular do bolso, conversa brevemente com um interlocutor, que pode estar a metros ou milhares de quilômetros dali, e faz sinal para que Dante avance, enquanto outro deles retira o carro-barricada, abrindo passagem para o destino de Dante a partir daquele ponto. Antes de prosseguir, ele olha para o céu, o qual esperava que nesse ponto da cidade fosse mais límpido e brilhante, sem a rivalidade com as luzes mais intensas do miolo da cidade. O que encontra, porém, é uma maçaroca de fios, cabos de alta-tensão, de internet, telefonia, transformadores e conectores de toda sorte que embaraçam sua vista. Um enovelado tão confuso e revolto quanto seus pensamentos naquele instante. Depois, deu partida no carro e avançou abismo adentro.

3

A DIANTEIRA DO CARRO DE DANTE RASGOU O VÉU que parecia separar as duas partes da cidade, permitindo que avançasse comunidade adentro. Dante então se deparou com uma paisagem que parecia desdenhar da arquitetura e engenharia convencionais, desafiando os conceitos mais elementares dessas ciências e, aparentemente, a própria física. Um agrupamento de construções cuja unidade era a ausência de unidade. Heterogeneidade em sua forma mais radical. Casas, sobrados e estabelecimentos comerciais dispostos ao longo de uma organização labiríntica de ruas, becos, vielas e escadarias descendentes. Um espaço que pulsava com vida própria, plasmando um tipo de sensação que em nada se parecia com aquela que ele encontrava nos demais espaços da cidade que ele ou Alice costumavam frequentar. Porém, mesmo diante desse arrebatamento estético, foram os sabores e cheiros que pairavam no ar que lhe sequestraram a atenção. Era possível não somente farejar a pólvora, como senti-la na ponta da língua por meio do gosto metálico que deixava na boca. Uma composição de elementos com a qual Dante estava familiarizado e com que conviveu não apenas durante toda sua vida adulta, mas também ao longo de boa parte da infância, em visitas regulares à fábrica de fogos de artifício que seu pai fundou e que, depois de sua morte, o próprio Dante assumiu e transformou em uma empresa de espetáculos pirotécnicos orientada a eventos de todos os tipos. Para um leigo, aqueles vestígios recentes poderiam fazer soar como um lugar onde há pouco teria se deflagrado algum conflito bélico, afinal, os tiroteios eram comuns na região, entre os próprios traficantes e entre estes e a polícia. Mas a explosão que logo se sucedeu apenas confirmou a constatação de Dante, com o céu se iluminando por alguns segundos e o impacto sonoro sulcando o ar, vibrando ao redor e ao longe, um processo perfeitamente fiel à regra dos estágios de queima de fogos de artifício, sendo eles o esguicho, o assovio e, por fim, a explosão, motivo pelo qual os chineses teriam inventado os fogos, usando-os como bombinhas para espantar maus espíritos. Nesse entremeio, o clarão momentâneo permitiu que Dante vislumbrasse ainda mais detalhes do lugar que o circundava, o que também o colocou em alerta, pois suspeitava de que aquele talvez fosse algum tipo de aviso que pudesse ter relação com ele. Sabia que aquela era uma forma de comunicação para indicar que a polícia havia chegado ou que estava por perto. Ou mesmo que uma nova leva de drogas acabara de chegar. De toda forma, naquele momento, a explosão foi também o estopim de uma ação em que os homens que haviam permitido que entrasse na comunidade, agora de forma violenta, faziam com que saísse do carro, sob uma severa coerção a base de chutes e coronhadas na cabeça e em outras partes do corpo. À medida que ordenavam que Dante começasse a seguir em frente, se embrenhando cada vez mais naqueles arrabaldes, pressionavam suas costas com a ponta dos fuzis, impondo o ritmo que desejavam. E enquanto desciam, outra explosão marcou a noite, lançando a flor de fogo dezenas de metros de altura acima de suas cabeças e na linha do horizonte, fazendo com que Dante não pudesse ignorar a ironia de que, possivelmente, aqueles fogos tivessem vindo de sua empresa, já que era a única da região. E a cada coronhada, ou a cada vez que o cano de um fuzil espetava suas costas, lembrava-se da austeridade do pai, militar antes de empresário e, como tal, severo no que dizia respeito aos assuntos da empresa, mas também à educação de Dante. O espetáculo dos fogos, justamente naquele momento, fazia com que trilhar aquele percurso de destino incerto emulasse o ritmo dos sonhos, diáfanos, translúcidos e descolados da realidade. Um tipo único de beleza que só se fazia possível às custas de rigorosos processos adotados dentro da fábrica, em que, por exemplo, não era permitido pentear os cabelos, tampouco bater os pés, simplesmente para evitar a estática, que poderia levar tudo pelos ares. Ou, ainda, a lâmina d'água que se estendia ao longo de todo o piso do pavilhão e cuja finalidade era evitar explosões decorrentes do contato entre os elementos envolvidos nas reações químicas. Um protocolo que fazia com que fosse necessário que os operários calçassem botas de borracha que iam até a altura dos joelhos, para que não tivessem contato direto com a água carregada de resíduos químicos. A jornada em declive, e ocasionalmente espiral, nauseava Dante, que se surpreendeu com a terceira explosão, fazendo com que virasse a cabeça e olhasse para trás, encarando seus algozes. Um movimento que o levou a ser atingido em cheio no rosto pelo impacto da coronhada e cujo apagão inevitável substituiu a profusão de cores que se desmanchava no ar e refletia numa grande poça d'água entre o asfalto e a calçada. Se não estivesse caído e desacordado, Dante provavelmente teria lembrado aquilo que seu pai havia lhe ensinado sobre rios e lagos serem escolhas recorrentes para a queima de fogos. Graças a seu reflexo, o brilho resultante das explosões dobrava em intensidade, algo que guardava certa relação até mesmo com o temperamento do pai, que às vezes também explodia.

4

Os olhos de Antônia eram flores de fogo. E foram eles, acesos e brilhantes, a primeira coisa que viu quando abriu, ele próprio, os seus. Não havia a consciência clara de onde estava, e de que lugar era aquele, tampouco a percepção cronológica em relação aos eventos recentes. Uma câmera com as lentes avariadas, o entorno impreciso e desfocado, não apenas no que dizia respeito ao visual, mas também às percepções de espaço e tempo, borradas. E tão veloz quanto a sensação momentânea de alívio que lhe tomou por inteiro por acreditar que tudo, enfim, estava bem, foi a decepção e o desespero de compreender que, de fato, sonhava. Como isso podia acontecer? Que expedientes eram aqueles pelos quais o corpo e a mente operavam, em que, mesmo diante de momentos tão traumáticos e de um medo latente, ainda assim o cérebro era capaz de conectar os cabos e ligar os interruptores dos sonhos? Afinal, não dormira, havia apenas desmaiado. De toda maneira, esse equívoco logo foi interrompido pelas bofetadas em seu rosto, a partir das mãos ásperas dos homens que o acompanhavam naquela incursão. Ao contrário da ausência das referências de espaço e tempo, tão comum às experiências oníricas, Dante já sabia novamente onde estava e há quanto tempo. Então, se perguntava novamente quanto tempo lhe restava até que pudesse descobrir se Antônia estava bem e se tudo daria certo, uma resposta que todos aqueles ao seu redor provavelmente já tinham desde o momento em que ele havia chegado àquele lugar. Quando foi posto de pé, viu mais homens se aproximando. Enfiaram-lhe as mãos pelos bolsos, tomando sua carteira, celular e chaves de casa e da empresa. Tirarem-lhe uma corrente do pescoço, anéis dos dedos e um relógio que, como um peixe fora d'água, continuava desesperadamente emitindo uma luz verde intermitente que escaneava Dante pelo pulso em busca do que dizia seu corpo, observando seu sono, o nível de oxigênio em seu sangue e seus batimentos cardíacos. Mas sob a mira constante de armas, seu corpo tinha pouco a dizer naquele momento, além do óbvio. De tanto em tanto, um vento cortante percorria aquelas vielas, descendo aclives e desembocando com rigor no cruzamento em que se encontravam, se enfiando de maneira hábil pelas frestas das roupas de Dante, desferindo golpes de ar sobre os golpes já impressos na pele, nos músculos, na dignidade. Quando o vento dava trégua, um rastro de perfume, cigarro e cerveja se insinuava pelo ar, provavelmente vindo de um dos bares ou do puteiro a alguns metros deles. Cheiros que aproveitavam qualquer oportunidade para fugir de lá toda vez que alguém saía e abria a porta com ímpeto, surpreendendo um homem que, do lado de fora, sonolento e de braços cruzados, aparentemente indiferente a tudo que acontecia com Dante, montava guarda sentado em um banquinho que parecia pequeno para seu tamanho. Quando um daqueles que revistara Dante entregou o celular a um dos três que o haviam trazido até ali, Dante, num tom empertigado, perguntou onde o estavam levando e quando afinal veria sua filha, frase que ele mal pôde concluir antes que o celular começasse a tocar na mão de um dos homens. A imagem vívida que a tela do aparelho exibiu ocupando toda a sua extensão era de uma mulher cujas maçãs do rosto eram salientes, os olhos, grandes, e as sobrancelhas, resolutas e arqueadas. Alice tinha um semblante felino. E antes mesmo de Dante suplicar para que pudesse atender sua esposa, tão rapidamente quanto ela se fez presente através daquela chegada repentina e luminosa, desapareceu quando o homem recusou a ligação deslizando o botão vermelho para a esquerda. Dante olhou para as quatro direções que convergiam para eles, constatando que àquela altura parecia impossível qualquer chance de fuga. Se Antônia havia chegado em casa, aquilo provavelmente significava que estava caminhando em direção à morte, uma vez que soava muito improvável que qualquer uma daquelas pessoas o deixasse sair vivo de lá depois de tomarem seu dinheiro. Nada de bom parecia vir de nenhum daqueles caminhos, e em qualquer um deles o destino parecia ser seu fim. Quando Alice ligou pela segunda vez, foi dito a quem segurava o celular que deveria deixar que Dante atendesse pedindo socorro, que enviasse a localização à Alice pedindo que viesse lhe ajudar, pois havia se machucado na tentativa de recuperar Antônia, uma ideia rapidamente refutada por aquele que recusou a ligação, justificando que era arriscado demais, que a mulher traria com ela a polícia, recusando então a ligação e fazendo com que Alice desaparecesse mais uma vez. Na terceira, uma tensão escalou, e antes que a ligação pudesse ser recusada, o telefone foi arrancado da mão do homem que o segurava até então. O telefone continuava tocando e, pela primeira vez desde que Dante havia chegado ali, as armas apontaram em outra direção, mirando outros alvos. Ameaçando-se mutuamente, os homens debatiam, cada qual defendendo seu ponto de vista. Os que acreditavam que Dante deveria chamar Alice viam a possibilidade de ganho em dobro. Já o outro, sozinho em sua posição, defendia o fato de que o garantido era melhor que o duvidoso, já que a possibilidade de a polícia surgir significaria dinheiro nenhum. E quanto mais a discussão se agravava, mais tentadores pareciam os quatro caminhos que circundavam Dante naquele cruzamento. Sentiu o corpo inteiro arrepiar quando uma lufada de vento o alcançou outra vez, agora mais fria, e vinda do sul. Por um instante, teve a sensação de ter visto o homem que montava guarda lhe apontar com um discreto aceno de cabeça a mesma direção de onde o vento havia vindo. Alice permaneceu mais um tempo na tela, como se esperasse pela decisão que Dante precisava tomar.

5

Tinha uma compleição física que favorecia a corrida. A cabeça ficava a uma boa distância dos pés. Uma correta proporção de músculos, ossos, órgãos e alguma gordura, que faziam de seu corpo um veículo vigoroso, mas não muito pesado. Quando apontou a esquina, a viu prestes a fechar as portas do salão, o que o levou a apressar o passo. Quando percebeu que não bastaria andar rápido, correu. E quando parou, com as mãos espalmadas, bateu de leve contra a porta de vidro, chamando a atenção da mulher. Com movimentos que pareciam metódicos e nada apressados, ela largou a vassoura com que desfazia as pequenas ilhas de cabelo espalhadas pelo chão. Gritou, de dentro, que já havia encerrado, mas ele insistiu. Não queria ir à formatura do irmão, que aconteceria em poucas horas, sem cortar o cabelo. Alice aceitou atendê-lo, e o fez de forma muito mais demorada do que seria necessário. Dante, por sua vez, gostou que ela demorasse. Mas isso foi muito antes de Antônia, antes de tudo. Agora os fatores eram desfavoráveis a ele. Quais as probabilidades de um homem de 55 anos, exausto e amedrontado, vencer um embate físico com adversários que tinham, pelo menos, metade da sua idade, num território que só eles conheciam, no inverno de julho e com o vento contra? Competiam, ele e o vento, mas este ganhava de lavada. Porque se somavam à idade, e ao medo, e ao frio, os hematomas dos ferimentos que foi colecionando ao longo de seu breve percurso naquele lugar. Mas a resposta derradeira veio quando enroscou as próprias pernas e caiu em direção a um terreno enlameado que encontrou pelo caminho há apenas algumas ruas de distância do ponto de partida de sua tentativa de fuga. Apesar de já estar fora de vista, pois a geografia local permitia desaparecer sem demora entre aquele emaranhado de ruas e construções, essa era uma vantagem que ele perderia rapidamente. Quando olhou para trás, em busca de seus algozes, percebeu um menino, parado à porta de casa, que fez sinal para que entrasse. Não havia tempo para ponderar, simplesmente aceitou, e tão rápido quanto havia caído, se levantara e agora descia os lances de uma pequena escada, que, por sua vez, levava a um estreito corredor ladeado por paredes repletas de vasos de plantas. O menino, que o guiava, olhou para trás o encarando e colocando o indicador sobre os lábios. Assim que entraram, ele trancou a porta com duas voltas na chave. Um outro menino, mais jovem, jogava videogame, impassível, sentado no sofá.

— É seu irmão? — Dante perguntou.

O menino apenas assentiu com a cabeça e outra vez pôs o indicador sobre os lábios. Dante então sussurrou.

— Onde estão seus pais?

— Minha mãe tá trabalhando — respondeu o menino no mesmo volume.

— E o seu pai?

— Morto pela polícia, confundiram ele com um bandido — o menino explicou.

Dante observou a tevê por tempo suficiente para ver algumas situações de um personagem que percorria um mundo aberto onde dirigia carros e interagia e brigava com outros personagens, um jogo onde parecia não haver uma missão clara definida, exceto existir naquela realidade, com tudo o que aquilo implicava. De toda maneira, algo na dinâmica e na música fizeram com que Dante achasse que já havia visto Antônia jogando algo semelhante havia muitos anos. E ao olhar para o aparelho, de fato constatou que aquele era um modelo de videogame com que havia presenteado Antônia muito tempo antes. Dante só foi retirado daquele transe a que o jogo e as memórias o haviam colocado quando, aos poucos, a voz dos personagens foi sendo sobreposta pelas vozes de pessoas que vinham da rua e pareciam se aproximar. Pelas frestas da janela, o menino percebeu que os homens batiam de casa em casa. Teve tempo apenas de fazer um sinal para que Dante procurasse algum lugar para se esconder. Quando chegaram, o menino desfez as duas voltas da chave com as mãos trêmulas. Na primeira vez, foram gentis, perguntando se ele havia visto o homem que correra. Todavia, não obtiveram resposta, negativa ou afirmativa que fosse. Na segunda, subiram o tom de voz, mas ainda sem sucesso. Na terceira, ainda sem dizer palavra, uma mancha escura e molhada surgiu nas calças do menino, ao mesmo tempo em que um dos homens percebia o rastro de lama que sumia em direção ao quarto em que dormiam as crianças e a mãe, quando estava em casa. O trilho indicava claramente o destino de Dante, que foi arrancado com violência de seu esconderijo, um espaço exíguo entre a cama e a parede. Ao agarrá-lo pelo colarinho da camisa, um dos homens pergunta sarcástico se ele havia desistido de salvar a filha fugindo daquele jeito.

— Mas que pai de merda — outro completa, ao mesmo tempo em que apenas olha demoradamente para o menino, quando voltam à sala, dizendo-lhe que em outro momento voltaria para acertar as contas com ele. Na tevê, o personagem do jogo agora surrava um policial, uma ação que o menino executava de forma quase hipnótica, mexendo apenas as mãos para manejar o controle, sem nunca tirar os olhos da tevê, como se mais nada estivesse acontecendo ao seu redor, como se nada tivesse acontecido.

6

Do lado direito, pesando cerca de 52 quilos, um magricelo alto de cabelos pretos escorridos e braços desproporcionais que chegavam quase à altura dos joelhos. Do lado esquerdo, um tipo mais atarracado, pesando em torno de 80 quilos, a quem a minguada plateia, algumas poucas pessoas que passavam por ali na hora e resolveram assistir à briga, chamavam de índio. O magricelo havia acabado de levar um jab de direita. Os lábios, cansados dos sucessivos golpes, já estavam inchados. Assim como o olho direito, e como o rosto inteiro do magricelo, já um pouco desfigurado. Cuspia sangue e algo mais que vinha de suas entranhas. Movia-se de um jeito insólito, como se fosse veloz o suficiente para se esquivar, mas no fim sempre acabava jogando o corpo na direção errada, indo ao encontro dos golpes do oponente, algo que, por si só, arruinava o conceito de esquiva. O índio era menos ágil, mas mais vigoroso nas investidas. Tinha os braços maciços de anabolizante e as orelhas de couve-flor, o que ajudava a compreender sua vantagem sobre o outro. Quanto mais o índio castigava o magricelo, mais o cheiro de suor se misturava ao de sangue, o que criava um terceiro cheiro mais pesado e rançoso no ar. No momento em que a casa do menino ficou algumas casas para trás, haviam topado com a briga acontecendo. Uma briga que os homens que mantinham Dante cativo julgaram divertido parar e assistir. Agora o magricelo recebe uma sucessão de golpes, mas não cai, apesar de se agachar e apoiar as palmas das mãos no chão. Então, subitamente, e ainda que desacreditado, ele surpreende. Usando o solo como plataforma e tomando impulso com os pés, avança com a cabeça, e com as costas um pouco abaixadas, atingindo a barriga do índio. Após derrubá-lo de costas no chão, monta sobre ele, socando seu rosto algumas vezes, até que o adversário consegue se desvencilhar. Então se afastam, cada qual buscando espaço para recobrar o fôlego. Giram lentamente, andando de lado, se observando. Um dos homens pede a Dante que aposte.

— Como assim? — ele pergunta.

— Aposta aí, caralho! Quem tu acha que vai ganhar? Se tu acertar, segue tudo igual e tu pega tua filha. Se tu errar, perdeu. Vai voltar pra casa de rabecão. É pegar ou largar. Quem ganha? — o homem pressiona, cutucando Dante com o fuzil.

Ele se demora alguns segundos avaliando a luta e decide pelo magricelo, escolha que leva os homens às gargalhadas.

— Acho que tu escolheu mal, hein, mas vamo vê.

A luta prossegue e o magricelo avança novamente, mas em vez de aplicar outro golpe, joga no rosto do índio um punhado de terra que juntou do chão, no momento em que se abaixou, e que segurava com os punhos cerrados. Atordoado pela terra nos olhos, o índio abre a guarda, criando a oportunidade perfeita para que o magricelo avance com toda força e velocidade que é capaz de reunir. Dirige toda a potência do golpe para o pomo de Adão do índio, que engasga e arregala os olhos, tentando respirar, incrédulo. Como se a recuperação inesperada do magricelo trouxesse novo ânimo para a briga, devagar, algumas outras pessoas se somam à plateia para acompanhar a contenda. Os homens que conduzem Dante se olham, desconfiados. O magricelo aproveita o atordoamento do índio e aplica uma rasteira que faz com que o homem caia desprevenido, batendo a cabeça no chão. E mais uma vez, monta e começa a aplicar uma sucessão de golpes no rosto do índio, de cujos olhos agora só se vê o branco. Na plateia, aqueles que torciam pelo índio se decepcionam. Dante não consegue exprimir qualquer reação, apenas torce pela própria vida. Torce para que aquele rapaz não apenas nocauteie seu adversário, mas o mate, para que não haja a mais remota chance de recuperação. O magricelo continua batendo. Quando criança, às vezes, Dante escolhia caminhos alternativos para voltar para casa, depois da escola. Trajetos mais longos para fugir de colegas que se juntavam para surrá-lo. Retornos mais demorados, mas um ônus compreensível diante do objetivo de chegar em casa ileso. Em uma dessas ocasiões, porém, mesmo recorrendo à estratégia, Dante topou com os agressores. A surra que lhe deram, na verdade, não havia sido nada de mais. Voltou para casa apenas com um olho roxo. A que seu pai lhe deu, no entanto, deixou hematomas que se estenderam pelo corpo e pelos dias. Logo após o incidente, seu pai o matriculou numa escola de artes marciais, desde então acompanhando de perto seu desenvolvimento e assegurando que jamais apanharia sem reagir, custasse o que custasse fazer com que Dante internalizasse aquela postura. A mesma dor que sentia na boca do estômago quando precisava reagir fisicamente era a dor que sentia agora, presenciando aquele embate violento, com o agravante de que, de alguma maneira, ele era parte daquilo, pois a vitória de um e a derrota de outro ditariam seu destino nos momentos seguintes. O magricelo continuava batendo. Já não era mais possível distinguir com clareza o que era o que no rosto do índio, que, após convulsionar, não mostrava mais movimento algum. Foi preciso que o tirassem de cima do índio, e mesmo carregado, continuou desferindo golpes no ar. No fundo de seus olhos, parecia não haver mais nada, apenas janelas para uma construção abandonada. Provavelmente voltaria a si nos momentos seguintes, mas não o mesmo. *Nunca se volta igual de algo assim*, Dante pensou. Os homens, desanimados, disseram que era o dia de sorte dele e seguiram tomando a direção do lugar a que deveriam levá-lo. Quando passaram próximo ao corpo do índio, estendido no chão, Dante teve a impressão de ver sua perna mover-se em espasmos, mas não olhou para trás para confirmar.

7

O PASTOR LANÇA UM OLHAR DE IRA EM DIREÇÃO AOS FIÉIS, como se estivesse investido do próprio poder divino, sendo capaz não apenas de falar por Deus, mas através Dele. Cada movimento soa precisamente calculado, um nível de precisão que só se faz possível mediante muito treinamento e exaustiva prática diante do espelho. A maneira como segura o microfone, a forma como mexe no terno e ajeita os cabelos, se recompondo depois de momentos mais veementes, as inflexões no tom de voz, a própria expressão corporal. A igreja era uma grande caixa retangular incrustada entre outras construções da comunidade. A cada vez que o pastor se movia ou mirava alguém, alguns fiéis apertavam a Bíblia com força, outros olhavam para baixo, sem que conseguissem sustentar o olhar do pastor por muito tempo.

— A AVAREZA, IRMÃOS E IRMÃS, É O PIOR DOS PECADOS. SIM, CADA UM DÁ A DEUS AQUILO QUE LHE É POSSÍVEL. E A CONSCIÊNCIA É O VIGIA DE CADA UM. MAS EU SEI QUEM ESTÁ EM FALTA! EU VEJO NOS OLHOS DE ALGUNS AQUI A CULPA POR NÃO COM-

PARTILHAR COM DEUS TUDO QUE PODERIA. E POR QUÊ? POR CAUSA DE UMA TEVÊ MAIOR, POR CAUSA DE CERVEJA, DE CIGARRO, É ISSO? VOCÊ DIZ: "ESTOU RICO, ADQUIRI RIQUEZAS E NÃO PRECISO DE NADA." NÃO RECONHECE, PORÉM, QUE É MISERÁVEL, DIGNO DE COMPAIXÃO, POBRE, CEGO, E QUE ESTÁ NU. APOCALIPSE 3:17. EU SEI QUE TEM IRMÃOS E IRMÃS AQUI NESTE CULTO QUE NÃO VÃO DEITAR COM A CABEÇA TRANQUILA NO TRAVESSEIRO HOJE. MAS NÃO SE ENGANEM. NÃO É A MIM QUE VOCÊS DEVEM. NÃO É NEM A DEUS, É A VOCÊS MESMOS! LEMBREM QUE, QUANTO MAIS GENEROSOS FOREM AQUI, MAIS BEM-AVENTURADOS SERÃO NO REINO DOS CÉUS, E MAIOR SERÁ O PEDAÇO DE TERRA DO QUAL SERÃO DONOS LÁ. ABENÇOADO SEJA O NOSSO SENHOR JESUS CRISTO, E QUE TENHA MISERICÓRDIA DESTES IRMÃOS E IRMÃS, PORQUE ESSE É O PREÇO DA SUA AVAREZA! O QUE SÃO CEM REAIS, QUINHENTOS REAIS, MIL REAIS, QUANDO O PREÇO DESSA MESQUINHARIA VAI SER COBRADO NA ETERNIDADE? O ESPÍRITO DO SOBERANO, O SENHOR ESTÁ SOBRE MIM, PORQUE O SENHOR UNGIU-ME PARA LEVAR BOAS NOTÍCIAS AOS POBRES. ENVIOU-ME PARA CUIDAR DOS QUE ESTÃO COM O CORAÇÃO QUEBRANTADO, ANUNCIAR LIBERDADE AOS CATIVOS E LIBERTAÇÃO DAS TREVAS AOS PRISIONEIROS, PARA PROCLAMAR O

ANO DA BONDADE DO SENHOR E O DIA DA VINGANÇA DO NOSSO DEUS; PARA CONSOLAR TODOS OS QUE ANDAM TRISTES E DAR A TODOS OS QUE CHORAM EM SIÃO UMA BELA COROA, EM VEZ DE CINZAS, O ÓLEO DA ALEGRIA, EM VEZ DE PRANTO, E UM MANTO DE LOUVOR, EM VEZ DO ESPÍRITO DEPRIMIDO. ELES SERÃO CHAMADOS CARVALHOS DE JUSTIÇA, PLANTIO DO SENHOR, PARA MANIFESTAÇÃO DA SUA GLÓRIA. ISAÍAS 61:1-3. GLÓRIA DEUS, IRMÃOS!

Depois de anunciar unguentos abençoados e água consagrada capaz de curar todas as enfermidades, o pastor encerrou o culto. À medida que os fiéis se dispersavam, um dos homens se aproximou do pastor, com o fuzil pendurado a tiracolo, enquanto os outros dois permaneciam com Dante, próximos à entrada. De onde estavam, não era possível ouvir o que diziam, mas a todo momento, enquanto ouvia o homem, o pastor olhava Dante de cima a baixo. O pastor então puxa um celular do bolso e liga para alguém. Conforme a conversa se desenrola, se afasta do homem com o fuzil. Gesticula como se estivesse convencendo alguém sobre algo. Então desliga e se aproxima do homem novamente. Com uma mão, segura a Bíblia, a outra pousa suavemente sobre o ombro do homem e o aproxima, afastando o fuzil e puxando o homem para perto de si, para que possa falar ao pé do ouvido. As cabeças se afastam, eles sorriem um para o outro e apertam as mãos. O pastor olha para Dante uma última vez e sorri com escárnio.

8

Depois da bênção do pastor, os homens que esperavam próximo à porta caminharam até os fundos da igreja, passando por uma pequena porta lateral que o terceiro homem havia aberto e onde esperava por eles. A entrada dava acesso a uma mistura de beco com corredor. Acima não havia nenhum tipo de teto ou cobertura, mas em ambos os lados, paredes se estendiam por alguns metros, e em cada uma delas, portas, como uma espécie de corredor de hotel, mas ao ar livre, ou algum tipo muito compacto de cortiço. Pela forma da construção, a impressão era a de que não se chegaria àquele espaço por outro lugar, exceto acessando-o por dentro da igreja ou através dos lugares a que davam acesso cada uma daquelas portas. Foi à última delas que Dante foi levado. Logo acima de suas cabeças, um emaranhado espesso de fios pendia de um poste e entrava através de um buraco improvisado na parede, claramente feito depois de a obra pronta. Como nos desenhos animados, ao entrarem, a sensação de Dante foi a de que o espaço interno era incompatível com a expectativa de tamanho de quando se olha de fora. E essa grande contingência abrigava toda sorte de computadores, celulares e demais equipamentos usados para clonar chips, aplicar golpes via WhatsApp, arquitetar sequestros relâmpago e demais crimes cuja matéria-prima eram sempre os dados. O vigoroso aglomerado de fios e cabos que entrava através da parede ali se ramificava num sem-fim labiríntico que cobria o chão do lugar, se esgueirando e se conectando para alimentar gabinetes de computadores que brilhavam em luzes multicoloridas, laptops de todos os tipos, monitores e carregadores de celular. Um arquipélago de equipamentos tecnológicos. Uma via de mão dupla em que máquinas sedentas por energia e banda correspondiam na outra mão, devolvendo dados adulterados, narrativas insidiosas e códigos de ataque cuja intenção era ludibriar, ameaçar, conquistar poder ou vantagem e extorquir. E em cada um desses aparelhos, operadores cuja faixa etária ia de crianças a jovens. Polegares velozes operando os teclados de celulares ou o clique ininterrupto da digitação nos computadores. Quando os homens que traziam Dante se aproximaram de um menino que, àquele momento, apenas jogava no celular, ele desconectou o cabo do carregador de seu aparelho e passou-o para que ligassem o de Dante. Assim que a tela se iluminou, as notificações mostravam dezenas de ligações não atendidas de Alice, embora não houvesse nada que Dante pudesse fazer acerca daquilo. Um dos homens entregou o celular a Dante, ordenando que ele entrasse em seu aplicativo do banco. Dante disse que não faria a transferência se não visse Antônia antes. Um dos homens segurou Dante por trás, aplicando-lhe um mata-leão e segurando seu pescoço, enquanto o outro fez com que abrisse a boca, liberando passagem para o cano de uma pistola que sacou da cintura, e deixando claro mais uma vez que Dante não tinha alternativa, nem ditava as regras ali. Dante sabia que, enquanto não transferisse, permaneceria vivo. Depois disso, no entanto, restava contar com a sorte. O homem explicou que deveria dividir o valor em duas transferências para diferentes contas. Sacou seu celular e mostrou um QR code que era o destino para o qual deveria ir a primeira metade. Dante desbloqueou o aplicativo, confirmou a senha e realizou a primeira transferência. O segundo código foi exibido, e mais uma vez Dante realizou a transferência.

— Deixa eu ver quanto tu tem na conta ainda, me mostra o saldo aí — o homem disse, enquanto o outro, por trás, ainda segurava seu pescoço.

No momento em que Dante mostrou o valor, o homem ordenou que transferisse o saldo para uma terceira conta.

— Taxa extra pelo trabalho que tu deu, seu filho da puta — justificou.

E então, num tom irônico, mandou que aquele que segurava o pescoço de Dante o levasse para pegar sua filha. Dante olhou para todos os lados, agora mais ofegante e com todos os sentidos em alerta. O homem fez sinal com o fuzil para que seguisse em direção a uma porta nos fundos da sala. Quando Dante se virou para começar a andar na direção indicada, foi atingido com força na cabeça pela coronha do fuzil.

Apagão.

9

Todas as selfies com Antônia. Todas as fotos sobre Antônia e com ela. As centenas de álbuns criados. Os pequenos vídeos: Antônia saindo das entranhas de Alice na cesárea, onde tudo começou, a vertigem, a adrenalina, o espanto da vida; as primeiras palavras; os primeiros passos; a primeira viagem; Antônia escalando o colo do avô, as mãozinhas buscando apoio em sua cabeça, talvez a única vez em que aquele homem tenha chorado; o primeiro dia no jardim de infância, a mochila de algum personagem infantil que logo seria substituído por outro, e por outro e por outro nas roupas, na lancheira, na tela do tablet, da televisão, do celular, do cinema; o primeiro dia no jardim de infância, a experiência completa acompanhada através do acesso às câmeras que a escola disponibilizara; a apresentação de Dia dos Pais no primeiro ano, todos os momentos únicos, então, não mais registrados diretamente pela retina e enviados ao cérebro, mas mediados pelas telas dos celulares em riste. Não a lembrança da apresentação, mas a lembrança da filmagem da apresentação. O DVD da primeira apresentação de balé. As imagens das centenas de almoços, passeios, excursões. As caretas no espelho do elevador registradas. As milhares de mensagens de áudio trocadas, de "papai, eu te amo" até "pai, me deixa em paz". As brigas, as lamentações e o abismo geracional registrados à revelia pelos microfones dos celulares, dos tablets e das assistentes virtuais, big data familiar convertido em sugestões e anúncios de coisas que os deveriam fazer sentir melhor, convertidos em coisas que os fazem felizes, mas somente mediante pagamentos, assinaturas, compras, transferências, TEDs, DOCs, Pix. PDFs de boletos, comprovantes, notas fiscais das psicólogas, das terapeutas de Antônia, das terapeutas de Dante e Alice, das terapias alternativas. Uma vida registrada de todas as maneiras possíveis pelo medo atávico de esquecer quem são. Uma menina chamada Antônia, cada vez mais distante, cada vez menos aquilo que seus pais esperavam que ela fosse.

10

O HOMEM NU RANGE OS DENTES. Não sabe se as pontadas são do frio ou das costelas quebradas. Quando abre os olhos, vê outra vez o céu, que já não parece mais o mesmo da hora em que começou aquele percurso. Se encolhe de dor sobre o asfalto gelado. Não há celular para pedir socorro, para ligar para Alice, não há mais carro para protegê-lo da temperatura e levá-lo para um lugar seguro. Não há mais relógio para escaneá-lo para medir sua saúde, seu pulso, seu nível de oxigenação do sangue, o número de passos que deu, analisando se foi um dia saudável ou não. Mesmo nu, e no frio, continua sendo atravessado por um contingente de dados, ondas invisíveis e sinais que viajam pelo ar, embora agora nenhuma delas diga respeito a ele. Não há nada, além dele próprio. Mas o desespero cala ainda mais fundo quando se dá conta, em meio ao transe da dor e da vertigem, de que não há Antônia. Não ao menos ali, o que pode representar uma esperança. De um lado, vê a entrada do lugar onde foi obrigado a mergulhar e de onde foi expulso, por sorte, com vida. Gira a cabeça lentamente ao redor e vê o mato congelado pela geada, a luz intermitente do poste, a luz de alerta no topo da torre de transmissão e outro tipo de luz intermitente e vermelha que agora parece se aproximar. Uma viatura da polícia surge trafegando lentamente. Dante tenta levantar-se, mas o esforço o esgota.

Apagão.

No banco de trás da viatura, enrolado em um cobertor, busca se situar. Toca com a ponta dos dedos o tecido do estofado, o cobertor, o próprio rosto. Olha ao redor e pelas janelas. A paisagem é outra. Exasperado, percebe que precisa contar aos policiais que a filha está desaparecida, que pagou o resgate. Os policiais dizem que Dante deu sorte, pois nem todos voltam de lá.

— Às vezes aparecem desovados semanas depois em algum lugar. — Quanto à filha, explicam, provavelmente nunca esteve com eles. — Clonam os chips de celular e, como eles têm acesso a todas as mensagens, se aproveitam de momentos como esse pra simular um sequestro e tirar dinheiro das famílias que já estão fragilizadas e desesperadas.

Então reascende em Dante a esperança de que Antônia, de fato, possa estar viva, questionando os policiais.

— Bom, isso a gente não tem como garantir, infelizmente. Tem que registrar o desaparecimento e aguardar. Vamos levar o senhor pra delegacia.

Dante, entretanto, pede que o deixem em casa, embora os policiais recusem seu pedido, explicando que se trata do procedimento padrão, inclusive pelo fato de Dante estar sem documento algum para identificação.

— Sou amigo do Coronel Antunes, pode ligar e falar de mim — Dante diz.

— Os policiais se olham, mas ligam, constatando que Dante dissera a verdade. Enrolado no cobertor, ele agradece aos policiais e desembarca da viatura, correndo em direção à entrada da casa e batendo à porta desesperadamente. Quando Alice atende, seus lábios trêmulos e os olhos fundos são o prenúncio do desfecho que temiam. Alice desaba sobre Dante. Ele a abraça, deixando que o cobertor caia. Não há mais frio, nem dor, ou qualquer outra coisa. Só o pior dos vazios a que alguém pode ser submetido.

Parte II

ASSOVIO

“

Percorrer
O sol que acende esse chão
Arde na pele
Onda gravitacional
Acho até que perdi o meu caminho
E eu não quero voltar
Porque aqui eu sou normal

”

YMA

♥ ○ ▽

11

SESSENTA E QUATRO TENTATIVAS ATÉ A FOTO PERFEITA. Pode parecer simples, mas existe toda uma conjunção de fatores que leva até a imagem que obterá mais likes, mais comentários efusivos, mais saves e compartilhamentos. Requer prática alcançar a janela perfeita de tempo em que a melhor luz daquele lugar naquele instante incide precisamente sobre o melhor ângulo do rosto com o cabelo irrepreensível e os olhos nem abertos nem fechados demais e os lábios a uma distância um do outro que não os deixa encostarem nem os afasta em demasia. A compleição felina como a da mãe. O rosto hexagonal, as sobrancelhas arqueadas, as maçãs do rosto salientes. Tudo emoldurado pela tela do celular e, agora, pelo feed do Instagram. O pico de dopamina quando a imagem se transforma em postagem. A partir daí, todos os sentidos se voltam para a performance. Quantos verão, quem será impactado, quais serão as melhores reações, e na timeline de quem haverá a replicação fidedigna de centenas ou milhares de Antônias exatamente iguais? Passa-se um minuto e não há nenhum like. O que aconteceu? Passam-se cinco minutos e não há like algum. Qual o problema? Dez minutos e zero likes, nenhum comentário ou save. Definitivamente, há algo muito errado. Subitamente, o quarto parece um pouco menor do que antes, e também mais quente. A boca seca e a transpiração se excede. Como é possível não haver nenhum like ainda? Taquicardia, contração gástrica, bexiga hiperativa. Do quarto para o banheiro, o celular nas mãos, todos os sentidos voltados para a tela em uma relação de entropia em que um conjunto precisamente ordenado de bits que acendem e apagam criando narrativas luminosas leva a um completo estado de desordem mental de quem está submetido a eles. O que não aparece na imagem são as unhas quebradiças, a psoríase, a alopecia que Antônia disfarça jogando o cabelo para o lado de uma maneira que demandou muita prática em frente ao espelho. Espelho, por sinal, que parece tão monótono, tão passivo, não responde, não reage, não elogia de volta a cada vez que Antônia se olha através dele, experimentando ângulos, expressões, poses. O feed não mostra as alterações no ciclo menstrual, a febre emocional, o zumbido nos ouvidos. Em uma das mãos, o pequeno pedaço de papel higiênico dobrado que absorve o excesso de urina, na outra, o celular. O polegar realizando repetidos movimentos de deslizar a tela para cima, swipes encadeados em uma sequência sem fim de imagens em movimento. Trinta minutos e nenhum like. Os maxilares tensos, a irritabilidade e os olhos marejados. Quando as pontas dos dedos não estão tocando a tela, estão na boca, as unhas em petição de miséria. As paredes do quarto parecem mais próximas do que antes. O relógio no pulso identifica um aumento no ritmo do coração. Taquicardia leve. A cama já assumiu a forma do corpo, abraçando Antônia, embora isso em nada contribua para que ela consiga dormir, mesmo que pela janela o céu indique noite alta, mesmo que o visor do relógio indique duas da manhã. Houve um tempo em que o feed do Instagram chegava ao fim. Quando via-se todas as imagens que os seguidores postavam, não havia nada mais a ser visto. Não agora, não mais. O aleatório e o infinito são inebriantes. Em algum lugar da nuvem, nas profundezas de um servidor em alguma parte do mundo, em um corredor a perder de vista, em uma torre de computadores, em um slot, em um hard drive, em um álbum que há anos Dante não acessa, há dezenas de vídeos, filmados por ele e por Alice, em que Antônia sobe nos pés do pai, se enfia por debaixo de sua camiseta e pede que ele ande o mais rápido possível pela casa. Cada vez que batia, de propósito, em alguma parede, as risadas brotavam por baixo da camiseta. Hoje, se esbarram pelos corredores da casa e mal se falam. Esse é o gráfico que representa essa relação, de nenhuma distância até a maior possível. Um pai que não aprova as imagens que a filha posta nas redes sociais. Um pai que considera altamente indigno uma filha aparecer de roupas íntimas na internet. Um pai que ameaça expulsar a filha de casa se ela aparecer de calcinha na internet. E uma mãe passiva. O swipe sem fim no feed da rede social parece emular a busca constante por afeto que rareou em outras fontes. Há algo, no entanto, cujo fim é certo: a vida. Ao contrário da imagem perfeita, não é preciso uma confluência de tantos fatores para pôr um fim a ela. Essas possibilidades estão no armário do escritório, onde Dante guarda as armas que usa no clube de tiro. Estão no estilete que faz marcas no corpo e pode cortar mais fundo. Estão nas pílulas prescritas pelo psiquiatra, ao alcance de um estender de braços. E Antônia se pergunta se o fim significa fim mesmo. Se, de fato, cessaria esse buraco no estômago, essa vontade insaciável de aprovação, de alguém, de uma única pessoa que seja, ainda que uma completa desconhecida, não importa em que lugar do mundo, só uma pessoa que com um simples clique mostre que sabe que Antônia existe, que foi objeto de sua atenção, ainda que por milésimos de segundos, que foi impactada por algo a seu respeito, mesmo que seja apenas pela sua aparência. Como se livrar dessa síndrome de Estocolmo digital? Como não se afeiçoar ao algoz que ao mesmo tempo mantém refém e cativa? Quantas pílulas, afinal? Com o frasco abraçado contra o peito, os olhos irrompendo em lágrimas, sem saber exatamente o motivo, se por cogitar terminar com a própria vida, se por ter um pai que não sabe nada sobre ser pai, se por ter uma mãe que sabe o que é ser mãe mas prefere não ser, se por não ser querida e desejada na medida em que gostaria, na medida em que precisa. E talvez o que está prestes a fazer doa mais do que se cortar, porque, no fim, trata-se de cortar na própria carne, como arrancar uma extensão do próprio corpo. E o dedo, em vez de arrastar a tela para cima, agora apenas pressiona o ícone do Instagram por alguns segundos, até que a opção apagar surge na tela. É desesperadora a sensação de se apagar do mundo, ainda que seja apenas apagar-se do celular. Em algum outro lugar do mundo, entre centenas de milhares de servidores, em alguma partição, entre uma extensão de dados de proporções inconcebíveis à compreensão humana, tudo o que Antônia já fez, sentiu, comentou, gostou, odiou, olhou, clicou, postou, expôs está guardado. Ela apenas jogou fora a chave, mas pode baixá-la novamente a hora que quiser. As paredes do quarto, agora, parecem ter voltado ao seu devido lugar.

12

O CELULAR VIBRAVA, abafado pelo amontoado de lençóis e cobertas em cima da cama. Um buraco negro portátil, fazendo exatamente o que buracos negros fazem, sugando tudo que passa próximo a eles, uma massa tão densa e compacta, que tudo que é puxado para seu universo é esmagado, destruído ou desfigurado. Mas havia algo de reconfortante em ser capturado para dentro daquela dimensão onde o tempo parecia passar mais devagar, nos feeds onde tudo soava mais ou menos perfeito, ideal, onde era possível esquecer tudo mais que estivesse do lado de fora, as responsabilidades, a pressão, os absurdos, os riscos de um mundo patriarcal, tão avançadamente tecnológico e, ao mesmo tempo, tão arcaico em praticamente todos os outros aspectos. De onde estava, no banheiro de seu quarto, Antônia conseguia ver cada vez que o telefone tocava. E em cada uma dessas ligações que morriam sufocadas nos lençóis, era o rosto de Miguel que aparecia na tela, de forma insistente, através de sucessivas tentativas, como se não entendesse que não havia mais vontade alguma de Antônia em ter qualquer contato com ele daquele momento em diante. E a cada uma dessas chamadas não atendidas, as duas Antônias, aquela no espelho e a dona do reflexo, apenas olhavam com a visão periférica, enquanto tensionavam a pele junto ao canto dos olhos, os delineando. A luminária do quarto zumbia discretamente havia alguns dias. Um modelo sofisticado, mas antigo, cujo mecanismo exigia alguma perícia, um movimento sincronizado que precisava girar ao mesmo tempo em que deveria ser puxado para fora. Algo que Antônia já havia visto seu pai fazer muitas vezes, mas que mesmo ele demonstrava alguma dificuldade no processo, embora ela não soubesse se por falta de jeito ou se porque, de fato, fosse realmente difícil. De toda maneira, Antônia acreditava que o momento da relação entre eles não era exatamente o mais propício para um pedido de ajuda banal como aquele. E de alguma maneira harmonicamente improvável, o zumbido discreto da luminária se sobrepunha, como que na mesma frequência, à vibração abafada do celular sobre a cama. Se Miguel insistia em ser atendido, a luminária solicitava sua substituição, embora Antônia estivesse resoluta a ignorar ambos. Ela entendia que a relação com Miguel precisava de um término imediato. E que de certa forma Miguel se repetia no seu pai e que seu pai se repetia em um sem-fim de homens, e em algumas mulheres, que agiam de acordo com um código e com valores que não pareciam mais fazer sentido naquele momento do mundo. Não porque achasse que a gravidade dos atos do pai equivalesse à dos atos de Miguel, seu pai nunca a havia agredido, mas por compreender que aquilo que motivava as ações de ambos, ainda que com diferentes pesos, vinha do mesmo lugar, da mesma forma de pensar.

Quando o celular tocou novamente, não era Miguel, mas Isabela, que Antônia atendeu em uma chamada de vídeo, posicionando o celular sobre o balcão da pia, enquanto continuava sua maquiagem. O celular prestou atenção a cada detalhe. Uma inteligência artificial curiosa, coletando um mundo de significados ao seu redor, traçando e retraçando em um loop obsessivo o perfil daquela família, das complexas relações que estabeleciam o *modus operandi* daquela casa, marcando ênfases, analisando entonações, repetições, estruturas frasais que entregavam preferências, semanticamente calculando possibilidades de um rentismo de dados, leiloando interesses entre anunciantes para ver quem pagava mais pela atenção de Antônia, assim como acontecia exatamente no celular de Isabela, e de Dante, e de Alice, e de cada um dos bilhões de pessoas que tinha um deles. E no caleidoscópico que agora havia se estabelecido, entre os duplos na tela do celular e no espelho, as infinitas versões de Isabela e Antônia falaram sobre o que Miguel havia feito, sobre a possibilidade de denunciá-lo à polícia, sobre o término urgentemente necessário dessa relação e sobre o fato de que Dante e Alice, de forma alguma, pudessem saber sobre aquilo, dada a reação previsível que teriam. Especialmente Dante, que, de acordo com a estimativa de Antônia, diria que a havia avisado, que o sujeito não prestava, mas que a culpa, no fim, era dela, Antônia, por atrair homens daquele tipo, dada a maneira como se mostrava e se portava nas redes sociais. Tivesse acesso à câmera da garagem, Dante teria visto Antônia num ataque de fúria socando o volante do automóvel. Tivesse acesso à câmera do elevador, teria visto Antônia chorar de raiva sozinha, limpando rapidamente as lágrimas antes que fosse surpreendida por algum vizinho. Tivesse acesso às pesquisas do Google da conta de Antônia, teria encontrado termos como "queixa agressão física delegacia da mulher", "terminar relação sem correr risco", "arma de choque bolsa", "spray de pimenta bolsa", "tática para apagar redes sociais". Tivesse acesso ao histórico da Alexa no quarto de Antônia, teria visto a busca de playlists como "Tô feliz", "Bem-estar", "Motivação", "Happiest songs", "Positividade", "Dia de Sol". Tivesse acesso à lixeira do celular de Antônia, Dante teria visto todos os breves vídeos apagados com movimentos repetitivos que iam e retrocediam, todas as centenas de selfies e seus sorrisos tristes cujo destino foi o lixo. E se Dante, ou Alice ou mesmo a amiga Isabela, pudesse ir ainda mais fundo, mas na verdade jamais poderia, pois esse é um nível de profundidade em que somente as máquinas se entendem entre si, teria podido ouvir as dezenas de interpretações algorítmicas das escutas ativas das sessões de Antônia com o terapeuta, monitoradas à exaustão pelos celulares na bolsa, nos bolsos, enviadas para a nuvem, processadas em alguma fazenda de servidores remota, mas de localização não divulgada, um data voyeurismo concedido por contratos que ninguém lê, mas com os quais todos concordam, vagamente justificados sob o argumento de ajudar a melhorar a qualidade da inteligência artificial das assistentes pessoais, dos serviços de busca, da compreensão das máquinas, da sua capacidade de entender e recomendar, que em outros termos queria dizer apenas "vender". Nesse momento, só as máquinas e Antônia sabiam exatamente o que ela estava sentindo. E enquanto ela finalizava os últimos detalhes da maquiagem, sentiu raiva mais uma vez, cobrindo com base os hematomas no pescoço. Uma sobreposição de tons que iam do roxo aos pastéis, lembrando a paleta de uma obra de arte de natureza morta. As marcas dos dedos de Miguel no pescoço de Antônia eram as marcas de todos os homens do mundo tentando sufocá-la, abafá-la sob os lençóis para que nunca mais pudesse dizer nada que os desagradasse, nunca mais pudesse fazer nada que os contrariasse ou os superasse, apenas um buraco a ser preenchido, uma Antônia muda e vazia, do jeito que todos esses homens desejariam que uma mulher fosse.

13

Funciona como um pan-óptico. Uma estrutura onde um único vigilante é capaz de observar todos os prisioneiros, sem que estes, entretanto, saibam exatamente se estão ou não sendo observados. O conceito, no entanto, se diluiu e se descentralizou. Um sem-fim de dispositivos vigia Antônia. E embora agora estejam fragmentados, todos eles são o mesmo, são um só.

A câmera de seu computador é capaz de saber com precisão as áreas para onde Antônia dirigiu seu olhar durante um vídeo no YouTube, e isso entrega mais do que parece entregar, especialmente quando cruzado com o histórico de pesquisas no buscador e, por sua vez, com os vídeos curtidos, com as postagens em que se demorou por mais tempo no Instagram, ainda que alguns centésimos de segundos a mais, e com todas as palavras verbalizadas, com as categorias sexuais mais pesquisadas no Xvideos ou no Pornhub, com os tipos de compras online, com as mensagens trocadas, criptografadas para o usuário comum, mas não para as máquinas. Nesse éter de dados arrancados voluntariamente de Antônia, uma mulher de 22 anos cuja vida, em sua grande parte, é indissociável da internet, milhões de cálculos por segundo constatam conexões a que nem o terapeuta mais astuto e experiente seria capaz de chegar, simplesmente porque o cérebro humano não é capaz de processar volumes tão superlativos de informação e, portanto, é incapaz de constatar as ligações entre elas nesse vórtice febril e delirante de sinapses artificiais incessantes e, muitas vezes, forçadas. E mesmo que Antônia escolhesse viver uma vida em que evitaria a internet, ainda assim viveria em um mundo criado e mediado por ela, com regras impostas, vigiadas e alimentadas por quem faz a internet e por quem tem interesse em que ela continue sendo o que é. E nesse momento, a internet de Antônia consiste em uma fábrica de estímulos para surpreendê-la, porque seu mundo parece tedioso. O celular de Antônia a ensinou a perceber a realidade como uma constante de estímulos. Mas o problema de viver dessa maneira é que o sobressalto tem vida curta, de forma que, rapidamente, sente-se a necessidade do próximo. Uma realidade que vai se tornando cada vez mais espectral, intangível, uma realidade de informações e, por isso mesmo, de não coisas, porque não se agarra a informação com as mãos, não se nutre um valor afetivo pelas informações, não se guarda as informações dentro de um baú. Não se possui as informações, apenas se tem acesso a elas. O quarto de Antônia é um tipo de elo perdido entre eras. Um celular, um computador, um tablet, uma televisão, carregadores, cabos, uma assistente pessoal, um roteador, aparelhos especializados em produzir não coisas, disputando espaço com pequenos objetos de toda sorte que Antônia acumula desde a infância. Coisas, em sua grande parte, diminutas, mas que carregam histórias. Adesivos, recortes de revistas, pedrinhas, miniaturas, bilhetes e fotos, coisas que se somam, que dizem algo, que têm alma, talvez uma tentativa de Antônia de compensar a desestabilização que as não coisas causam. Uma fotografia ocupa um lugar de destaque. Dante, Alice e Antônia em um zoológico. Antônia tem 10 anos. Estão bem na frente da jaula do leão, que parece rugir, de pé, as patas para cima apoiadas na grade. Dante, Antônia e Alice também rugem, cerram os dentes numa careta feroz ensaiada, um ensaio seguro, visto que entre a jaula e o local onde estão há um fosso. A foto é uma foto analógica. O registro de um momento congelado, o fantasma do tempo aprisionando numa jaula de celulose. A foto envelhece com Antônia, como deveria ser. Não há informações nela, somente uma história. Mas o divisor de eras, na verdade, talvez não seja propriamente o quarto de Antônia, mas o corredor que dá acesso aos diferentes cômodos da casa e distribui portas. Nesse corredor, há um dispositivo obsoleto, um telefone de fio que repousa no escuro, na madrugada, sem uso, exceto pelo fato de dividir eras. Há anos já não toca, há anos seu gancho não é levantado da base, mas ele resiste, impassível, silencioso noite adentro, como se nunca perdesse a esperança de ser usado outra vez, ainda que talvez já não haja mais nem mesmo uma linha telefônica conectada a ele. Persiste por seu valor simbólico, um avatar representando outro mundo, como se estivesse a lembrar a todos que por ali passam que um dia aquela casa já foi mediada por coisas que tinham densidade, que entregavam sem tomar em troca. Hoje, todo o vazio de Antônia é a falta do leão rugindo e posando para a foto, as enormes patas apoiadas sobre a grade, a linha da cabeça felina e da juba revolta alguns palmos acima da cabeça de Dante, Antônia e Alice. Esse vazio é a falta de se permitir brincar de rugir. Todo mergulho no não real é uma tentativa de voltar àquele dia, àquele tempo, àquela Antônia, àquele Dante e àquela Alice. O dedo que toca essa foto com afeto e saudade, percorrendo os rostos, a paisagem, a juba do leão, é o mesmo dedo que hoje, desesperado, pensa que comanda, que exclui o que não lhe interessa e amplia o que lhe agrada. Esse dedo que tudo escolhe, o mesmo dedo com que Antônia se toca, com que procura nas profundezas úmidas dela própria uma Antônia preservada em fóssil em suas eras geológicas, esse dedo que pensa que manda, que curte, que arrasta, que passa para lado, o dedo que escolhe parceiros sexuais em um aplicativo com a mesma fome e o mesmo desinteresse que escolhe o que comer à noite, também em um aplicativo. Às vezes, na profundeza da noite e de seu quarto, Antônia liga o celular e, no modo selfie, brinca fazendo caretas, fingindo o rugido do leão, da Antônia de 10 anos. Às vezes chora, e nunca postou nenhuma dessas fotos. No computador sobre a escrivaninha, o YouTube exibe no feed diversos vídeos sobre produtos de maquiagem testados por pessoas parecidas com Antônia, ainda que ela não tenha pesquisado sobre isso.

14

ANTÔNIA ESTÁ LEVEMENTE RECLINADA NA POLTRONA. Uma perna cruzada sobre a outra e o pé de cima balançado veloz, irrequieto. A sala acarpetada é aconchegante. Um difusor lança permanentemente no ar uma névoa com o perfume de alguma flor que Antônia acha que conhece. Nas paredes, diplomas emoldurados. Na mesa de centro próxima à poltrona, uma caixa de lenços de papel. Encaram-se por alguns instantes. Antônia sempre acha desconfortável o início da sessão, não sabe por onde começar, acredita que funciona melhor na base de pergunta e resposta, desenvolve melhor quando se posiciona dentro de um gabarito onde pode responder de forma mais orientada. Às vezes o terapeuta força até o limite, deixa que ela comece, porque quer realmente entender por onde ela vai começar. Às vezes ele inicia.

— Então, Antônia, como foi a semana?

— Tudo bem, na medida do possível.

— E o que é esse na medida do possível? Me explica.

— Não é meio autoexplicativo?

— Aqui dentro, nessa uma hora, nada é autoexplicativo.

— Sei.

— Me conta.

— Esse perfume do difusor é do quê?

— Antônia, e aqueles pensamentos suicidas que você comentou semana passada, como foi isso?

— Eu não chamei de pensamento suicida, nem sei se é correto chamar assim.

— Como assim? Elabora.

— Não é que eu fico pensando que eu quero morrer, nem fico pensando em formas de me matar. É só que às vezes o vazio é tão grande, e eu me sinto tão impotente, tão paralisada, que tenho vontade de dormir e acordar depois de tudo só, dias depois, semanas depois. É jasmim?

— Sim, jasmim. A gente tinha combinado aquela estratégia de tentar dar um tempo nas redes sociais, ao menos escolher uma delas. Como foi isso?

— Foi muito difícil, a sensação era de impotência, que eu tava jogando uma vida fora, lembranças, fotos, comentários, mensagens. Tem quase dez anos da minha vida ali naquele feed.

— Eu sei, mas pro bem e pro mal, você não apagou o perfil, só apagou o aplicativo do celular. A hora que você quiser, é só baixar, que tudo vai continuar lá.

— Eu sei, mas a sensação não é essa. E eu não sei se foi pior ou melhor, não sei se não fiquei mais ansiosa, porque era meio automático, várias coisas que aconteciam ou coisas pelas quais eu passava na rua, eu tinha vontade de fazer foto, postar. Então, pensei o tempo todo nisso. No que ajudou?

— Pode ser que não tenha ajudado ainda, mas é uma piora antes da melhora. O objetivo é que você aprenda a controlar a vontade de estar nas redes sociais, é você que tem que estar no controle, e não ser controlada por elas. Vou te pedir pra resistir mais um pouco. Foi o Instagram que você apagou?

— Qual marca você usa?

— Marca do quê?

— Do óleo, esse de jasmim.

— Nem lembro o nome, é uma paciente que me vende sempre, ela representa a marca.

— Você vê com ela pra me dizer?

— Claro. E os seus pais?

— Você pode me passar o WhatsApp dela? Ou pode ver hoje?

— Antônia, não se preocupa, eu vejo, mas e os seus pais?

— Tá bom, obrigado, faz tempo que quero pôr no meu quarto. O que tem meus pais?

— Como foi essa semana? Algum conflito?

— Conflito não, mas também quase nenhuma interação. Meu pai não tem falado muito comigo desde que viu aqueles Stories meus de calcinha, e eu também não tô indo muito atrás.

— E a sua mãe?

— Na mesma, não critica, mas também não ajuda, não se envolve.

— Você gostaria que ela se envolvesse?

— Já não sei mais, acho que preferiria que eles me deixassem em paz. Se é pra criticar, pra brigar, melhor que continue assim.

— Mas é insustentável em longo prazo. Tem que ter diálogo, vocês não podem viver na mesma casa e não se falar.

— Poder a gente não pode, mas tá acontecendo. E por que eu vou ceder e dar o primeiro passo se o errado é meu pai?

— Consegue ficar sem o Instagram por mais um tempo?

— Acho que não, tá difícil. Eu sei que esse vazio é porque essa coisa de ficar passando o feed é infinito, a gente não se satisfaz nunca. Mas não ter isso parece que tá me provocando um vazio maior ainda.

— Entendo, mas e aí?

— E aí que eu não posso prometer nesse momento. Mas ó, tem coisa mais grave pra gente tratar — Antônia diz abaixando o lenço no pescoço e mostrando o hematoma.

— Meu Deus, Antônia! Foi o Miguel?

— Sim, foi o Miguel.

— Antônia, isso é grave. Você tinha me dito que ele parecia agressivo às vezes, mas eu não tinha ideia que pudesse chegar às vias de fato.

— Pois é, eu também não esperava, mas chegou.

— O que motivou isso?

— Desculpa eu ser chata, mas você realmente consegue me dizer a marca ou passar o WhatsApp da sua paciente assim que a gente terminar aqui?

— Sim, mas me diz, o que aconteceu?

— Quando ele começou a reclamar das fotos, de um jeito autoritário, aquilo pra mim foi a gota d'água. Eu nem tinha a intenção de que fosse algo muito sério, ele que queria. Eu vi que era a hora de pôr fim, porque ia ser só problema. Quando eu falei que não era mais pra gente se ver, ele ficou transtornado, primeiro ficou implorando, depois, conforme eu fui batendo o pé e dizendo que não, ele foi ficando agressivo, até que me apertou o pescoço. Nos primeiros segundos, eu fiquei paralisada, surpresa, porque nunca passei por isso e tava tão chocada que fiquei meio sem reação. A gente tava na cozinha. Peguei a coisa mais próxima que eu vi, que foi um copo, e bati na cabeça dele com força. Acho que ali ele se assustou também, meio que saiu do transe e viu a loucura que ele tava fazendo. Fiz isso, mas tava com muito medo. Aí saí e disse que ele nunca mais me procurasse, que eu ia na polícia. Depois disso, ele tem me ligado insistentemente.

— Mas tem que ir prestar queixa mesmo.

— Será? Isabela também me disse que sim, mas não sei se vai adiantar alguma coisa. Só de pensar em como vai ser isso, de eu ter de provar de todas as formas que o que aconteceu foi o que eu tô contando, de provar que não era coisa da minha cabeça, de gente me perguntando coisas que deem a entender se não fui eu a culpada. Só de pensar nisso, já desamina.

— Mas tem que ir, assim mesmo.

— Não sei, vou pensar.

— Antônia, eu sei que boa parte do que eu te faço fazer aqui é pensar, mas tem horas que pensar muito não ajuda. Esse é um desses casos. Eu te aconselho a prestar queixa imediatamente.

— Sei. Só não se esquece de falar com a sua outra paciente sobre o óleo, vou esperar.

Mal Antônia termina a frase, o celular do terapeuta vibra indiscreto, mostrando que fazia uma hora que haviam começado. Então, se despedem, e Antônia o relembra mais uma vez sobre seu pedido.

— Não esquece, tá?

— Pode deixar. Até semana que vem, Antônia.

15

AS IMAGENS EM PRETO E BRANCO DA CÂMERA do elevador mostravam uma Antônia dessaturada e imprecisa. No canto superior direito, a data e a hora escritas em maiúsculo, em uma fonte branca, de contorno preto e bordas serrilhadas, exatamente iguais aos textos das antigas filmadoras domésticas, dos videocassetes e fitas VHS, como aquelas dezenas de Basfs e JVCs guardadas em uma caixa de um eletrodoméstico qualquer no fundo de uma estante no fundo da garagem. Relegadas ao mundo do esquecimento e da poeira, um mundo pré-smartphones. As últimas remanescentes de uma época prestes a fazer a transição do analógico para o digital.

FITA 1

Dante tem Antônia no colo, ela tem 2 anos. Eles dançam rodando pela sala, como numa valsa. Uma das mãos de Dante segura e apoia as costas de Antônia, a outra segura sua mãozinha, como dois dançarinos. Ele rodopia vagarosamente pelo cômodo, sempre sorrindo e olhando Antônia nos olhos. Ela, por sua vez, tenta sempre acompanhar Alice, que filma e narra, os acompanhando. Um movimento orgânico, que balança junto com Alice e que, conforme gira no próprio eixo, mostra os quadros na parede da sala, o piano em que Antônia fez aula por alguns anos, o aparador repleto de bebidas, a mesa da sala de jantar, o sofá de couro marrom tomado de estrias, mas muito confortável.

FITA 2

Antônia, ainda menor, dorme agarrada à Alice no sofá da sala. A chupeta vai e vem num ritmo hipnótico, a mesma cadência invariavelmente. O dedinho indicador de Antônia enrola uma mecha do cabelo de Alice, que, por sua vez, encara a câmera com um sorriso sonolento e com a inocência de quem não sabe e nem teria como saber o que há por vir.

FITA 3

Antônia ensaia passos de balé, uma apresentação para a família, de quem ao fundo se ouvem palmas, assobios e incentivos de bravo, bravo. Os braços sobem de forma graciosa e fluida, os calcanhares se distanciam do chão para que Antônia sustente todo o peso do corpo na ponta dos dedos. Depois, num movimento de flexão dos joelhos, que se projetam para fora e para dentro, o corpo desce e sobe sucessivas vezes. Pliés, Adágios, Frappés e Fondus executados sem muita prática, mas compensados por uma autoconfiança de Antônia que divertia a todos. Quando Dante volta a câmera para a plateia extasiada, Alice, com os olhos marejados, sorri envergonhada e cobre a lente com uma das mãos.

No elevador, Antônia tira o celular da bolsa. Checa as mensagens no WhatsApp, passa pelo Twitter, ri de algo no TikTok. Cada movimento de Antônia tem um ínfimo atraso de milissegundos entre o que acontece e o que o monitor mostra que acontece, o que dá às imagens uma atmosfera ligeiramente estranha, fantasmagórica. Um descompasso entre a realidade e a representação da realidade em pixels. Quando chega ao térreo e as portas se abrem, o elevador é inundado por um mar de luz que vem tanto das luminárias do lobby do edifício, envidraçado e espelhado, quanto pela luz natural que chega da rua. No mosaico de monitores na mesa do porteiro, por um instante, há duas Antônias, em dois monitores diferentes. A que sai do elevador e a que chega ao saguão. E quando deixa o edifício, é tomada pelos sons da cidade. Uma câmera de monitoramento de trânsito mostra Antônia do alto, cruzando uma avenida pela faixa de segurança. Um cachorro anda próximo a ela. Antônia segue seu percurso, dobrando a próxima esquina e indo em direção a um café aonde costuma ir depois de suas sessões de terapia. O cachorro segue Antônia, agora mais de perto, farejando-a. É um cachorro enorme e de pelos pretos desgrenhados, sem dúvida um cão de rua. Uma cruza de raças grandes. O porte robusto lembra um rottweiler, mas o rosto, mais fino, é o de um dogue alemão ou dobermann. Quando ele rosna pela primeira vez, Antônia se assusta, pois não o tinha percebido. Então anda mais rápido, olhando para trás, mas o cachorro segue a acompanhando e mostra os dentes. Tem os olhos impacientes. As orelhas são longas e apontam para cima. Em quatro patas, sua altura passa da cintura de Antônia, e de pé, certamente é mais alto que ela. Antônia agora começa a andar ainda mais rapidamente, sempre olhando para trás. O cachorro corresponde, mais rápido e aparentemente mais agressivo, serrando os dentes e rosnando. Quando Antônia chega à frente do café, o cachorro ameaça avançar e ela tem medo de dar as costas a ele, que late alto. Ela olha para os lados, ao redor, na esperança de se certificar de que mais gente esteja vendo o que está acontecendo, de que aquilo não é um delírio, que talvez alguém possa ajudá-la. Então, num impulso sem razão aparente, ela puxa o celular do bolso e filma o cachorro por alguns segundos. Ela já não vê mais o cachorro em si, mas a representação do cachorro, a câmera do celular como mediadora entre aquele cachorro, aparentemente de olhos e presas sedentas, e aquele na tela do celular, estranhamente mais real, mais vívido, mais palpável, uma vez que é como se ela o segurasse com as próprias mãos. Ele rosna, late, e quando ameaça avançar novamente, Antônia se assusta e deixa o celular cair na calçada, ao mesmo tempo em que alguém, de dentro do café, abre a porta e a puxa para dentro. Agora há mais uma camada de vidro entre eles, a da vitrine do café. Enquanto se certificam de que ela esteja bem, Antônia vê o cachorro indo embora tranquilamente. Quando tem certeza de que ele não está mais por perto, sai para checar seu celular, cuja tela está quebrada. Quando volta a caminhar pela rua, olha por cima dos ombros a todo momento. Então deixa seu celular numa pequena loja de reparos próxima do café, para que a tela seja trocada, e segue rumo ao seu carro.

Do porta-malas, retira seu laptop. Entra, se senta e põe o computador em seu colo. A primeira coisa que faz é entrar em seu aplicativo de fotos. Ainda que a tela do celular estivesse quebrada, o aparelho havia seguido funcionando normalmente, inclusive subindo para a nuvem, automaticamente, como estava configurado para fazer com todos os vídeos e fotos, a filmagem que Antônia havia feito do cachorro. Apesar do susto, rever a cena naquela perspectiva em primeira pessoa, como se fosse ela própria revivendo o momento com seus próprios olhos, despertou em Antônia um sentimento diferente. Reviu aquele vídeo sucessivas vezes dentro do carro. Olhou bem dentro dos olhos daquele cachorro e, de repente, ele já não parecia tão feroz, mas ansioso, exaltado. O tipo de ânsia canina quando esperam algo das pessoas.

16

ANTÔNIA PERAMBULA A ESMO. Vaga pelos cômodos como um fantasma assombrando um lugar que há muito já não parece o mesmo de sua infância. As paredes ainda são as mesmas, as portas, janelas, os quadros, o piano. O estofo, entretanto, a substância que o preenche, se perdeu em algum momento impossível de precisar. Algo ali ruiu. Antônia abre a geladeira e contempla seu interior no intuito de saciar uma fome que nada do que há ali pode satisfazer. A luz ressalta os olhos grandes e delineados, as sardas no rosto. Insere uma cápsula na máquina e toma o café que não conseguiu tomar antes de seu insólito acidente. Segura a xícara com as duas mãos. Na sala, não há posição no sofá que seu corpo aceite confortavelmente, nem série alguma que prenda sua atenção na tevê por mais do que alguns minutos. Às vezes, tem a impressão de que o interior do bolso de sua calça vibra de maneira discreta. Impulsivamente, leva a mão até lá, apenas para se lembrar de que não está com seu celular. Às vezes, jura ter ouvido ao longe o que parece ser uma chamada ou a notificação sonora de uma mensagem chegando, embora seja impossível, seu celular está a quilômetros de distância. Olha ao longe através da janela da sala. Com o laptop no colo, aceita momentaneamente o encadeamento de sugestões que o YouTube lhe apresenta, um vídeo após o outro. Uma curadoria perfeitamente alinhada a todos os assuntos da preferência de Antônia, temas dos quais ela já gosta, e outros dos quais provavelmente ela ainda venha a gostar. Dessa vez, Antônia poderia jurar que de fato ouviu uma chamada ao longe. Uma sensação que faz o coração galopar no peito de um jeito ruim, as mãos suando. É tão real que ela circula pelo apartamento para averiguar se Dante ou Alice não estão em casa, ou se não esqueceram o celular. Logo, é como se uma plateia de dispositivos emanasse um sentimento de frustração que se espalha em ondas por não serem capazes de cumprir sua função mais elementar, que é entreter. As tevês, o laptop, as assistentes pessoais espalhadas pela casa, o relógio em seu pulso, os tablets, todos amalgamados de plástico, silício e solda, confusos e temerosos, mesmo com sua inteligência artificial, incapazes de aplacar o abissal sentimento de solidão que toma Antônia. Já é noite. Em seu quarto, Antônia ouve a atividade de Dante a Alice. Visto que nada digital foi capaz de aplacar sua ânsia, ela se volta para algo analógico. Retira de seu closet hordas de roupas e acessórios, espalhando centenas de peças por cima da cama, em uma cadeira e pelo chão do quarto. Dobra cuidadosamente cada uma das que são de dobrar. Pendura as que vão em cabides. Monta, então, um sistema de organização que primeiro se divide por estações e temperatura, e depois por cores. Um setor inteiro dedicado às roupas de inverno, por exemplo, e, dentro dele, uma organização cromática que vai das peças mais claras até as mais escuras. E assim por diante, para cada uma das estações. E a mesma fórmula é aplicada a cada uma das gavetas. Quando termina, o dia está quase nascendo. Antônia troca de roupa, retoca a maquiagem e sai de casa, deixando um bom-dia protocolar quando cruza com o pai na cozinha. Alice ainda está dormindo. Pega seu carro e dirige até a loja de reparo de celulares, ainda que falte uma hora e meia para que o lugar abra. Ela volta ao café aonde costuma ir, faz hora até que possa retornar à loja. Quando o funcionário abre as portas, é tomada por uma sensação que esquenta o peito e derrete, se espalhando pelo resto do corpo, se sente feliz. Antônia cumprimenta o funcionário e diz que deixou, no dia anterior, seu celular para troca da tela, ao mesmo tempo em que puxa de dentro da bolsa um recibo com o número do pedido. O funcionário, contudo, balança a mão em negação, diz que não é necessário o comprovante, que se lembra de Antônia, mas que infelizmente o fornecedor teve problemas no envio de muitas peças, inclusive da tela para consertar seu aparelho, um contratempo que atrasará em um ou dois dias a entrega do celular. O calor no peito subitamente dá lugar a uma angustiante frustração, um desânimo. Dois dias? Ela pergunta se não há nada a fazer para agilizar, talvez tentar outro fornecedor, trazer a tela de outro lugar, mas o funcionário nega todas as possibilidades. Antônia cogita pegar o celular e levá-lo a outro local de reparos, mas muda de ideia, agradece ao funcionário e diz que volta quando o aparelho estiver pronto.

Ela entra no carro, busca pela loja mais próxima e compra um novo celular, exatamente igual ao que já tinha, porque não há mesmo ainda uma geração mais moderna daquele aparelho. Agora o quente no peito é quase uma suspensão dos sentidos, um êxtase, uma descarga de dopamina inebriante. De volta a seu quarto, ela respira fundo e se acalma. Deseja estar em suas plenas faculdades para sentir o máximo que este momento tem a entregar. O desembrulhar delicado e crepitante do plástico que envolve a embalagem. O desencontrar das partes superior e inferior, o abrir fulgurante da caixa de pandora e a revelação da face brilhante, negra e espelhada do novo aparelho a refletir a expressão extasiada de Antônia. Quando o aparelho vem à vida pela primeira vez, novamente uma luz inunda o rosto de Antônia, ressaltando seus olhos, as sardas, sua boca de saciedade, uma luz resplandecente que, sim, desta vez pode saciar sua fome, mesmo que somente por algum tempo. O aparelho dá as boas-vindas em diversos idiomas e logo pergunta se Antônia deseja transferir da nuvem o conteúdo que está em seu dispositivo anterior. Ela responde que sim e, em poucos minutos, Antônia tem uma cópia fidedigna de seu celular anterior, com exatas configurações e o mesmo conteúdo. Antônia busca a melhor luz, seus melhores ângulos, e brinca com a câmera do aparelho, fazendo selfies. Ao buscá-las no aplicativo de fotos, se depara com o último conteúdo antes das novas imagens, o vídeo do cachorro. Então, por um motivo que não sabe precisar, assiste ao vídeo outra vez, encara o cachorro como quem encara a esfinge, tentando decifrá-la para não ser devorada, e, subitamente, algo se rompe dentro de Antônia, ainda que ela não sabia. Uma coisa sem nome toma corpo em seu íntimo, como um pacto selado, não se sabe bem com o que, nem diante de quais condições. Antônia instala o Instagram no novo celular. Olha cada uma das selfies que acabou de fazer testando o aparelho, mas o momento pede algo mais elaborado, menos despretensioso. Ela se posiciona em frente ao espelho de corpo. Experimenta diferentes posições até que a luz natural que vem da janela incida sobre um dos lados do corpo criando um verniz que se espalha e desenha os contornos, descolando-o do segundo plano que é o quarto todo. Com uma das mãos e o antebraço, Antônia cobre os seios, embora, intencionalmente, deixe os dedos levemente afastados, a mão entreaberta, permitindo um vislumbre do que esconde por baixo. A outra mão segura o celular. São duas

Antônias, ambas prestes a fazer outra vez algo que mexe com os brios do pai, do homem ferido em seu âmago que se pergunta quantos de seus funcionários verão a foto da filha de calcinha e quais de seus parentes visualizarão a imagem e o que falarão à mesa da cozinha, à noite, em seus respectivos lares, comentando sobre os acontecimentos do dia. Mas Antônia fotografa Antônia. Experimenta filtros. Posta. É tomada de um ímpeto, como se a cada like lhe dissessem sim, você é dona de si e faz o que bem entender. Uma profusão de elogios que vão da cumplicidade à obscenidade, da sororidade à perversão. E toda uma sorte de emojis que representam visualmente essa escala de intenções. E um universo inteiro de adjetivos cuja fonte é, em parte, pessoas que Antônia conhece e, outro tanto, de desconhecidos, em sua maioria homens. E as mensagens privadas se avolumam. E com elas, mensagens de homens que Antônia não conhece carregadas de imagens explícitas pelas quais ela não pediu. Multiplicam-se os compartilhamentos. E também os saves. "Quem é cada uma dessas pessoas que guarda sua imagem para voltar a ela posteriormente?", se pergunta. "O que dizem quando a enviam para alguém?" "Que elogios acompanham a imagem?", indaga. E mais ou menos na mesma cadência com que avança a performance das fotos de Antônia, medida em envios, likes, saves e comentários, fotos e vídeos semelhantes, de outras mulheres, começam a popular seu feed.

Se Antônia curtiu um vídeo ou foto:

Repetir sucessivamente vídeos e fotos semelhantes, um após o outro.

Em caso de compartilhamento:

Intensificar a recorrência, no feed de quem compartilhou, exibindo conteúdos da mesma natureza.

Se a rolagem da timeline se demorar mais do que o usual em determinado conteúdo:

Mostrar outros posts e anúncios semelhantes sucessivamente.

Para cada save do post:

Duplicar a incidência do mesmo tipo de conteúdo no feed de quem o salvou.

Exibir Antônia para mais usuários.

Para cada comentário na imagem postada:

Aumentar exponencialmente a exibição da mesma imagem na timeline de outros usuários.

Exibir Antônia para usuários que já tenham curtido outros conteúdos seus previamente.

Se identificados termos polêmicos:

Potencializar a exibição.

Se forem de cunho sexual:

Triplicar a exibição.

Para cada pixel de pele identificado

e/ou

Quanto maior a escala de erotização:

Ampliar o alcance da postagem.

Se a postagem for impulsionada:

Entregar de acordo com segmentação do público-alvo.

Os emojis. Os comentários. Os saves. Os compartilhamentos. As mensagens privadas. Os elogios de cumplicidade. As agressões no privado. Os nudes recebidos. Todas as mulheres no feed de Antônia estranhamente parecidas com Antônia. Os conteúdos no YouTube, não pesquisados, sobre empoderamento. Sobre feminismo. Sobre autoestima. Sobre auto-objetificação. O sentimento conflituoso entre o prazer de sentir-se percebida, admirada, desejada e o medo de sentir-se devassada, desrespeitada, ameaçada.

Mensagem: postagem denunciada.

Sua publicação foi removida porque não está de acordo com as nossas Diretrizes da comunidade. Leia nossas Diretrizes da Comunidade para saber quais tipos de publicações são permitidas e como você pode ajudar a manter o Instagram seguro.

Subitamente, a interface da rede social desaparece e o rosto de um homem jovem, de olhos fundos e barba rala, toma conta da tela. Dessa vez, Antônia atende a ligação de Miguel.

17

A CÂMERA DO ESTACIONAMENTO DO SHOPPING, do alto, mostra Antônia saindo de seu carro. O mesmo atraso entre realidade e representação. A mesma granulação em preto e branco. O som da cidade ao fundo cria um ruído abafado de buzinas, motores, gente e um outro tanto de sons indistinguíveis mas característicos quando reunidos. Antônia entra no carro de Miguel, estacionado ao lado do seu. Foi sua condição para encontrá-lo, um local público. Ela senta-se no carona, fecha a porta e cruza os braços. As câmeras não captam o som. Só se pode vê-los assim, à certa distância, ainda que seja possível aproximar a imagem. Miguel toca de leve, com a ponta dos dedos, os cabelos de Antônia, que repudia o gesto, afastando sua mão com rispidez. Ele olha para cima e depois para baixo, encaixando o rosto entre as mãos e movendo a cabeça para os lados repetidamente. Antônia puxa a gola da blusa que veste e aponta para o roxo no pescoço, depois para o rosto de Miguel, com veemência.

Ele seca o rosto com a manga do casaco. Do lado de fora, um cachorro late ao longe, um caminhão de lixo provoca um estrondo que ecoa ao jogar na caçamba o conteúdo das entranhas de uma enorme lixeira. Miguel junta as mãos em forma de súplica, gesticula e aponta para seu celular. Antônia bate com a mão espalmada no peito, repetidas vezes, e Miguel acena a cabeça em negação. Ele vira o rosto, olha para o lado de fora. Não interagem por algum tempo. Antônia faz menção de sair do carro, mas Miguel a segura pelo braço, depois segura sua mão com as duas mãos, mas Antônia a puxa com força. Antônia desbloqueia seu celular, buscando em seu feed a foto da qual Miguel não havia gostado. Ela aproxima o celular do rosto de Miguel, que encara a tela e depois os próprios pés. Antônia insiste, balança o celular próximo dele, que acena positivamente com a cabeça. Antônia ri e olha através da janela. Miguel bate com uma das mãos fechadas no volante. Antônia dessa vez abre a porta, mas Miguel projeta o corpo para o lado, numa tentativa de alcançar a porta e fechá-la. Porém, no percurso, acaba acertando de raspão o rosto de Antônia, que o encara por um instante, incrédula, e deixa o carro definitivamente, sem olhar para trás. Miguel segura o volante com força e baixa a cabeça até que seu rosto encoste no plástico opaco e ressecado pelo Sol. Do lado de fora, a paisagem sonora da cidade abraça Antônia rapidamente, apenas pelo tempo que leva entre deixar o carro de Miguel e entrar no seu. Ela dá partida, limpa o rosto molhado e arranca rapidamente, deixando o estacionamento.

18

O POLEGAR DA MÃO DIREITA DE ANTÔNIA DÓI. Há horas ela executa o movimento repetitivo de rolar o feed. Dentre todas as postagens, um anúncio patrocinado chama sua atenção, uma clínica estética e seu pacote de procedimentos. Antônia não se demora nesse conteúdo muito mais do que nas centenas de todos os outros que viu nas últimas horas, embora tenha sido tempo suficiente para que, nos próximos trinta minutos, seja impactada pelo mesmo anúncio dezenas de vezes.

Somos a BotoxClinic, a maior empresa de harmonização facial do Brasil. Uma das primeiras empresas do país inteiramente dedicada à harmonização facial.

Facilitamos as condições de pagamento para que sua autoestima esteja em primeiro lugar. E, para seu conforto e segurança, estamos localizados nos principais shoppings centers de todas as capitais do Brasil. Marque uma avaliação sem compromisso.

Ela salva o anúncio.

Deitada na cama, ela observa a foto da família no zoológico. Tenta acessar aquela Antônia, lembrar como se sentia, como reagia diante dos problemas de uma menina de 10 anos que, com o verniz do tempo, terminam por se mostrar inofensivos, mas que à época pareciam intransponíveis. Lembra-se de outra viagem, ao Uruguai. Para impressionar o pai, propõe que subam em um farol do qual ela não recorda o nome, mas que era um dos pontos turísticos do local. Agarra Dante pela mão, toma fôlego e se enche de coragem, uma coragem que nem sabe bem de onde tira, subindo as escadas em caracol. Conforme avançam, vai sentido o coraçãozinho disparar no peito, mas aguenta firme. Uma vez no topo, se deparam com uma pequena porta que dá acesso a uma sacada, esta, por sua vez, circundada por uma pequena mureta de ferro para proteção. Dante diz que já viram o suficiente e se apoia contra uma parede, meio agachado. Mas Antônia, que também morre de medo de altura, vai e sustenta o sorriso no rosto, enquanto chama a atenção de Dante e grita da sacada:

— Olha, pai. Dá pra ver a mamãe lá embaixo!

Então, um simples sorriso de Dante faz valer todo o medo, a náusea. E ela sente saudade da Antônia que desafiava o abismo, da Antônia feroz como o leão do zoológico. *E talvez ainda seja corajosa e forte*, pensa, *talvez apenas os desafios é que sejam mais difíceis quando adulta, quando mulher.* No espelho do quarto, ela se encara. Toca com cuidado o rosto, do lado esquerdo, um pouco vermelho e esfolado pela mão de Miguel. Pensa em Isabel, sua amiga. No terapeuta. A cabeça parece um feed, uma sucessão de pensamentos passando em loop. Lembra-se do cachorro. Do leão. Do farol. De Miguel apertando seu pescoço. Lembra-se da mãe, Alice, muda na cozinha, tomando um café, enquanto Dante expunha repetidamente a vergonha que era para a família, para os amigos, para os colegas, uma filha que parecia uma puta nas redes sociais. Lembrou-se dos comentários nojentos, das fotos de pau pelas quais não pediu. Da falsa sororidade de mulheres cuja solidarização não passa da caixa de comentários. Pensou em entrar no Tinder. Pensou em chamar algo para comer. Andou pela casa. Se jogou na cama. Procurou por uma série. Pediu à Alexa que tocasse algo. Tentou um livro no Kindle. Olhou-se no espelho outra vez. Cogitou abrir uma conta no OnlyFans. Teve vontade de dar um abraço demorado na mãe. Desejou pelo colo do pai, ainda que ele não a entendesse. Quis ter 10 anos de novo. Quis ter a capacidade de dormir por muito tempo para acordar somente quando tudo estivesse diferente. Talvez dormir e acordar tendo 10 anos outra vez. Mas, nesse momento, dentro de suas possibilidades, há apenas duas coisas que decide fazer. Primeiro, acessa o anúncio da clínica estética que acabara de salvar e entra em contato para agendar um procedimento. Depois, acessa o site da polícia para registrar um boletim de ocorrência contra Miguel.

19

Depois de ser procurado pela polícia, Miguel intensificou os contatos com Antônia, que o ignorou sistematicamente. Primeiro foram sucessivas ligações, em horários variados e, muitas vezes, inapropriados, o que fez com que ela bloqueasse seu contato na agenda do celular. Quando percebeu que não poderia mais contatá-la por meio do telefone, recorreu às redes sociais, sempre agressivo, ameaçador, levando Antônia a bloqueá-lo também em cada uma delas. E depois disso, recorreu, ainda, à criação de perfis alternativos, mensagens intimidatórias, ora excessivamente gentis a ponto de soarem dissimuladas, ora mandatórias, ordenando que Antônia retirasse a queixa contra ele. Quando se cansou dos sucessivos bloqueios em suas malsucedidas tentativas de contato, Miguel tentou abordar Antônia pessoalmente, no estacionamento da universidade, esperando próximo ao carro dela. Da primeira vez, Antônia chamou um segurança que fazia a ronda, o que fez com que Miguel desistisse da abordagem. Da segunda, um grupo de amigas o intimidou, chamando a atenção para a cena e ameaçando chamar a polícia. Antônia sentia-se preocupada, assustada, mas diante da insistência e da intimidação de Miguel, cada vez mais sentia-se convicta de que havia decidido corretamente em romper com ele. Além disso, por mais que o registro da queixa aparentemente fosse jogar gasolina no fogo, sentia que ter aquela agressão devidamente registrada dava a ela algum respaldo, a sensação de que o fato de a polícia saber sobre aquilo lhe trazia algum conforto e, em alguma medida, até mesmo segurança. Algumas semanas haviam se passado desde o momento em que havia feito o boletim. Antônia havia agendado, para aquela noite, um preenchimento facial na clínica que o Instagram lhe mostrara no anúncio. Planejava sair da universidade no final da tarde, em tempo de chegar à clínica pouco antes das 19 horas. Ela traz nos braços uma pilha de livros que levará para casa. Apoia-os contra o peito, uma mão de apoio segurando-os empilhados, enquanto destrava o porta-malas com outra mão. Para abrir espaço para os livros, arrasta para o lado caixas de fogos de artifício que Dante deixou em seu carro. Às vezes, quando está com pressa e Alice usa o carro principal, Dante empresta o carro de Antônia para percursos rápidos. A câmera do estacionamento mostra Antônia deixando o *campus* da universidade. A partir deste ponto de vista, as centenas de veículos, sem o recurso das cores para diferenciá-los, acabam parecendo menos diferentes entre si. Outro veículo que a câmera mostra é o de Miguel, saindo logo depois de Antônia. As câmeras da cidade seguem exibindo o percurso de ambos. Cruzam semáforos, dobram esquinas, o tráfego os desacelera e quando Antônia acessa uma rua de menos trânsito, Miguel buzina sucessivas vezes. Primeiro, Antônia não dá atenção, pensa se tratar apenas de mais um motorista estressado. Ela projeta a mão para fora da janela e faz sinal para que ele a ultrapasse. Miguel prossegue buzinando, e Antônia o reconhece pelo retrovisor. Então, ela acelera. Prefere não arriscar. Decide ligar para a polícia quando encontrar um lugar mais seguro, um local onde possa parar e pedir ajuda. Enquanto isso, acelera. Miguel faz sinal para que ela pare, faz rugir o motor acelerando atrás dela, buzinando. Ela pisa mais fundo. A sua frente, antes que tenha tempo de pensar ou decidir racionalmente, a pista se bifurca entre o percurso para o centro da cidade e o da rodovia, no qual ela se mantém. Agora o interior do carro é inteiro uma vertigem. A soma do medo, da adrenalina e dos muitos quilômetros por hora que, há algum tempo, já passaram do limite que se pode dizer seguro. Os indicadores em neon no painel do carro se misturam, são um borrão que Antônia já não distingue direito. Miguel acelera e emparelha seu carro ao de Antônia, tenta fazer com que ela estacione no acostamento. Buzina, abaixa o vidro e grita algo que Antônia não compreende. As câmeras da rodovia exibem a perseguição como em um programa barato de televisão onde sempre se torce pela tragédia. Miguel tenta emparelhar novamente, mas Antônia acelera, seu carro é melhor, mais novo e mais potente. Estão prestes a cruzar uma ponte que divide os limites entre cidades. Uma ponte extensa o suficiente para que Antônia anseie por chegar do outro lado, e alta a ponto de lhe provocar vertigem quando olha através da janela.

Na metade do trajeto, Miguel acelera novamente, mas erra a intensidade, fazendo com que a dianteira de seu carro atinja a traseira do veículo de Antônia. Os pneus traseiros decolam centímetros do chão, fazendo com que o carro perca o contato com o solo e o controle. No interior do carro de Antônia, tudo agora acontece em câmera lenta. O automóvel se choca contra o muro de contenção da ponte num estrondo que ressoa distante. Dentro, tudo se desintegra devagar. Estilhaços de vidro voam vagarosos em todas as direções. Armações de plásticos racham e se desprendem. Cabos e circuitos se projetam a partir de todos os lados. O airbag surge desapressado, obstruindo a visão de Antônia. Do lado de fora, os detritos de concreto, em diferentes tamanhos e formatos, voam em direções variadas, até o momento em que dão lugar ao carro de Antônia, que agora, em uma explosão que lembra as flores de fogo, voa contra o céu escuro e estrelado. Um objeto cintilante rasgando a noite como um corpo celeste rumo ao abismo.

Parte III

EXPLOSÃO

Speed kills, but beauty lives forever. Speed thrills, but beauty knows your name. I fell ill inside eternal winter, winter. And stood still beside eternal flame. And when I ride with you tonight, we can move at the speed of light.

The Smashing Pumpkins

20

QUARTO

OS DEDOS DESLIZAVAM VELOZES PELO TECLADO, fazendo transbordar alguma coisa que não é possível definir precisamente. Um tipo de intersecção. Inúmeros entrelugares de ódio, ressentimento, inadequação social e uma percepção perigosamente distorcida a respeito das regras mais elementares do convívio em sociedade. A luz difusa e quente do poste na rua se misturava à luz fria do monitor, uma nesga incandescente rasgando a madrugada dentro do quarto. O som das teclas gastas. A ponta dos dedos engordurados. O ritmo da digitação como que impelindo a um transe raivoso. Catarse online escondida sobre toneladas de protocolos de segurança carregados das piores intenções. VPNs. IPs falsos. Firewalls. Sistemas operacionais anônimos. Navegadores que não deixam rastros. Encriptação de ponta a ponta.

ABA 1

Verborragia, fóruns de ódio. Um pêndulo estranho entre a autodepreciação e a mitomania. A luz fria do monitor evidenciando o terreno lunar e acidentado do rosto acnoso, onde jamais nenhuma boca de mulher pousou, exceto a da própria mãe. O mormaço se enfiava pelo quarto, insidioso, se avolumando. O suor escorrendo pelas têmporas.

ABA 2

Homens nórdicos. Os torsos bem delineados. Latifúndios de corpos masculinos em toda a sua extensão. O fulgor dos cabelos loiros. Maxilares robustos em perfusão. Um desejo oculto e conflituoso escondido sobre camadas e mais camadas de negação por meio de pretextos como ideal de beleza e raça pura. As memórias vertendo abruptamente. Os pixels, as espinhas, o ódio binário refletido nos óculos de lentes grossas. O flerte extremista com a ideia da retaliação como retribuição. A ideia nefasta de ferir ou matar para ser percebido.

ABA 3

O vídeo sem som de um pastor performático e ensandecido que brada uma Bíblia no ar enquanto ateia fogo ao próprio corpo. A expressão divina convertida no mais ardoroso fulgor.

ABA 4

As imagens opacas e de resolução ruim da câmera de segurança da avenida mostram a guinada à direita do veículo. Uma mudança de rumo abrupta. Tão rápido que é preciso passar frame a frame para registrar o instante em que o automóvel colide com o muro de contenção da ponte. Fragmentos de concreto arremessados. Ferro, plástico e borracha em combustão. Mais de 200 mil visualizações. A caixa de comentários como um microcosmo, a representação mais fiel do que o mundo é. Pesar-prazer, sofrimento-deleite, empatia-crueldade. Em um deles, um link.

ABA 5

Uma galeria de imagens. O carro desfigurado, mas não queimado. O rio como antídoto às chamas. Uma mulher que não é mais uma mulher que é o resultado de uma explosão e uma colisão. Contusões no chassis, ossos fraturados. A estrutura danificada, comprometida, perda total. A boca escancarada como quem não teve tempo de dar o último suspiro. Os olhos vidrados. Fotos que jamais deveriam ter saído dos servidores da polícia, mas saíram.

Porto Alegre, IP 168.172.5.5

Um homem casado, de meia-idade, temente a Deus, se masturba enquanto olha as imagens da galeria.

Campina Grande, IP 168.070.2.4

Do celular, de dentro do banheiro, em uma casa de classe média, em um bairro de classe média de Campina Grande, na Paraíba, um estudante de direito, que quer ser aceito num grupo de incels, comenta que é “um depósito de porra a menos no mundo”, mas quando vê as imagens, chora tentando abafar o choro com a mão em concha sobre a boca e, sentado no chão, vai deslizando as costas contra a parede do banheiro. Os olhos vidrados de medo.

ABA 6

Alguém posta um link para o Reddit, onde alguém diz ter os contatos da família da menina morta no acidente.

***

O relógio no pulso registra o aumento dos batimentos. Um pico de cortisol. Seis meses se passaram e a dor parece exatamente a mesma. Ele odeia a sensação de agonia em espiral. O redemoinho no estômago, como se houvessem puxado o tampão da banheira. Há poucos minutos, as pernas inquietas, os pés em atrito, um contra o outro, e os calcanhares tentando se livrar dos lençóis, uma aflição bem alimentada crescendo forte e saudável. Levantar ajuda. Mas, quase sempre, precisa sair de casa, o histórico de geolocalização mostra claramente. A rua está imersa em um breu profundo, sonolento. Os semáforos piscam intermitentemente em amarelo. Passa devagar pela frente de um hospital. Uma enfermeira fuma. Na fachada envidraçada de um banco, vê um homem de meia-idade agourento que o observa. Sabe que é ele próprio, refletido, mas parece que o cérebro leva algum tempo até processar a informação. Nesse ínfimo intervalo, sente um medo aterrador. Lembra-se das noites em que, quando criança, sozinho na madrugada, assistia à tevê na sala. Naquela época, não havia operadoras de tevê a cabo e era comum que as emissoras encerrassem sua programação a certa altura da noite. Havia inclusive os avisos. Está no YouTube: "Faremos agora uma pequena pausa em nossa programação. Apenas o tempo necessário para você despertar para um novo dia, uma nova vida. Logo estaremos juntos novamente." Toda vez que ouvia algum desses encerramentos, logo imaginava um funcionário solitário, encerrando seu turno, em um pequeno escritório junto à base de uma enorme torre de transmissão. Por alguma razão, isso despertava nele um medo pelo qual esperava ansioso. No rádio do carro, o chiado da estática traz outra lembrança. Até os 7 anos, tinha um entendimento peculiar a respeito de como acreditava que os rádios funcionavam. Pensava que as ondas de rádio vagavam eternamente pelo ar e que, dessa maneira, encontrando a frequência certa, era possível ouvir tudo que já havia sido dito no mundo, em qualquer tempo, inclusive por ele próprio. Nessa parte da cidade onde está, a iluminação vai se tornando mais escassa até se converter em escuridão, em certos pontos, quando a distância entre um poste e outro já não é suficiente para iluminar tudo o tempo todo. Diminui gradualmente a velocidade, até que desaparecem, ele e o carro, na penumbra. Asfalto e firmamento são agora uma só coisa. Liga a luz alta para não deixar passar despercebido nenhum detalhe do que vem procurar. Agora se depara com o sinal intermitente de um farol que reluz e não reluz na lataria, numa vitrine e no rosto que fica amarelo e não amarelo. Ele, o carro, o farol e a noite se amalgamam em uma só coisa, um só silêncio, um vórtice de contemplação absoluta que atrai tudo e que só é interrompido pela notificação do celular que traz tudo de volta para este tempo e lugar. Uma mensagem que traz as fotos de uma filha morta, de um pai impossibilitado de processar essa morte. Uma mensagem que assina apenas com "Saudades, paizinho". As emissoras não desligam mais. A estática parece não ter nada a dizer. Ou talvez ele apenas ainda não tenha encontrado a frequência certa. Ele volta para casa. Joga suas roupas numa poltrona ao lado da cama. O cheiro de cigarro e perfume barato das putas que pega na rua se insinua pelo quarto. Dante se deita e aninha o corpo junto ao de Alice, posição em que ele permanece, com os olhos despertos e marejados, até o dia nascer. Alice também não dormiu.

21

Francisco, o porteiro do edifício de Marisa e Roberto, acompanha com um interesse sonolento o carro que agora surge em um dos quadrantes de seu monitor, na portaria. Reconhece, pelo veículo, que são Dante e Alice, e também porque já havia sido avisado por Marisa que o casal viria visitá-los. Quando Dante abaixa o vidro do carro e acessa o porteiro eletrônico, um zumbido metálico libera o portão para que acessem o estacionamento dos visitantes. Depois, conforme Dante e Alice percorrem o trajeto até a entrada, as imagens de ambos vão sendo reproduzidas em um quadrante por vez, passando de um a outro, como se eles próprios, em versões diminutas, caminhassem dentro do monitor, até surgirem, em carne e osso, e em seus tamanhos naturais, diante de Francisco.

— Boa noite, Seu Dante. Boa noite, Dona Alice.

Apenas Dante responde de volta.

— Seu Roberto e a Dona Marisa disseram que vocês podem subir por favor — diz apontando o caminho dos elevadores com a mão.

Quando as portas se abrem, no último andar, Roberto e Marisa já os esperam.

A sensação de amplitude, em um apartamento já grande, é acentuada pela decoração minimalista e pela iluminação sóbria, que Roberto controla através da assistente pessoal.

— Dante, o mesmo de sempre, sem gelo? — ele pergunta, enquanto já começa a servir de vinho as taças de Marisa e Alice.

Dante acena com a cabeça concordando.

— E a empresa, como tem se saído?

— Vai bem, Roberto. Mas você sabe como anda difícil conseguir gente qualificada. De um ano pra cá, já passei por três gerentes. E pelo jeito, vou pro quarto, porque o atual também não pegou nem no tranco. Não é fácil achar gente competente. Aliás, diria mais, não é fácil achar nem gente minimamente interessada em se esforçar pra ser competente, porque se pelo menos isso eu conseguisse, eu bancava a qualificação.

Alice encara a própria bebida por alguns segundos antes de falar.

— Não sei, o Dante parece que gosta de sofrer — ela diz, em tom de brincadeira. — Eu já cansei de me oferecer pra trabalhar na gestão da fábrica, mas ele não aceita.

— Alice, você tem experiência com gestão? Eu não fazia ideia — Marisa diz, surpresa, quando Dante começa a rir, discretamente. Roberto e Marisa se olham.

— Meu bem, eu sei que a sua intenção é das melhores, mas não tem como comparar a gestão de uma empresa como a minha com um salão de beleza. São coisas muito diferentes.

Alice cruza e descruza as pernas, por alguns segundos não sabe para onde dirigir o olhar e sente uma massa quente e desforme subir do estômago até o peito e do peito até a garganta. Levanta o rosto, num movimento instintivo, como quem tenta respirar mais profundamente para que isso, que não tem nome, e que tenta sair de dentro dela, volte ao lugar de onde veio. Quando enfim consegue olhar novamente para Roberto e Alice, sorri sem jeito, desconsertada.

— Gente, vamos deixar os negócios pro horário comercial? — Marisa diz, forçando uma mudança de assunto e quebrando o silêncio constrangedor que se sucedeu à fala de Dante. — Eu inclusive acho que já podemos chamar o jantar. Que tal? — ela completa.

— A primeira boa ideia da noite, Marisa! Um brinde a isso! — Dante responde, erguendo seu copo de uísque.

— Olga, pode servir! — Marisa grita da sala. A mulher emerge das profundezas da cozinha e de lá, vai e volta sucessivas vezes, até que tenha trazido os pratos do jantar. O tilintar dos copos, então, dá lugar ao dos talheres, e durante alguns minutos é o único som que se ouve.

— Gente, que silêncio é esse! Vocês se importam se eu colocar uma trilha sonora de fundo? — Roberto pergunta.

Todos concordam.

— Alexa, reproduzir a última playlist — ele ordena.

“Reproduzindo o resultado da última pesquisa”, a assistente informa. “Antônia Calvari Medeiros tornou-se conhecida na internet após sua morte em um trágico acidente automobilístico.”

— Alexa, cancela! É a última playlist! Última PLAYLIST — Roberto grita, em vão.

A assistente prossegue: “onde seu veículo colide contra o muro de contenção de uma ponte, levando a uma explosão e à queda do automóvel dentro do rio”.

— Alexa, cancelar! Cancelar AGORA!

Marisa levanta. A assistente está na diagonal oposta da sala. Uma sala que agora parece maior do que nunca.

“O caso tornou-se cult na internet logo após o vazamento das imagens do acidente, que logo, e sucessivamente, começaram a ser enviadas, por diferentes meios, para membros da família”. Ao chegar à assistente, Marisa tenta pressionar os botões que ficam sob a malha de tecido que reveste todo o dispositivo, mas a única coisa que consegue é aumentar o volume. Roberto levanta, batendo a cadeira com força contra a parede atrás dele.

"As imagens mostram desde as cenas do acidente, em vídeo, filmadas pelas câmeras de segurança da ponte, até as fotos do corpo desfigur..."

A voz é interrompida abruptamente, quando Roberto empurra Marisa, quase com hostilidade, e puxa da tomada o plugue de energia. Então, se senta no sofá, com o rosto entre as mãos, e tenta justificar o ocorrido.

— Eu nem sei o que dizer. É que vocês foram sempre tão discretos em relação a tudo que aconteceu. Nós só quisemos pesquisar pra ter certeza que não diríamos nada indelicado ou doloroso.

Dante anda até a sacada e puxa um maço de cigarros de dentro de um bolso interno da jaqueta que veste. Demora antes de acendê-lo. Alice pede desculpas, explica que é difícil processar tudo que aconteceu, com anônimos lhes enviando as imagens, de forma imprevisível.

— É um pesadelo, a gente nunca sabe quando vai acontecer de novo — Alice diz. — Às vezes se passam semanas, e quando a gente acha que terminou, de algum jeito alguém descobre nossos novos números, nossos endereços de e-mail, e as imagens chegam outra vez.

— Você tá pedindo desculpas pelo quê, Alice? — Dante pergunta, logo após uma longa tragada no cigarro. — Se tem alguém que deve desculpas, são eles. E depois você ainda se pergunta por que eu não te coloco pra gerir a fábrica. Você não é capaz nem de se posicionar numa situação em que tem razão. Imagina no dia a dia da empresa, qualquer peão de chão de fábrica monta em você.

Alice pede desculpas, outra vez, quase sussurrando para Marisa e Roberto, que move a cabeça em concordância, como quem, solidário, dá a entender que compreende a reação do amigo. Dante joga o cigarro inacabado pela sacada. Por alguns segundos, é possível ver a ponta em brasa, marcando sua trajetória incandescente, até que some na queda. Sem se despedir, ele apanha a chave do carro e vai embora, sem esperar por Alice.

22

Não há ninguém em casa. Dante ainda não voltou. Tampouco, Alice. As câmeras internas, no escuro, captam apenas vultos de luz ocasionais, filtrados pelas cortinas, reflexos dos faróis dos carros que passam na rua. As assistentes pessoais repousam no silêncio, à espera de algum comando. A smart TV descansa em stand by. Nos laptops, fechados em seu próprio casulo, as telas encaram as teclas. O aspirador robô sonha sonhos elétricos, vagando por caminhos labirínticos, percursos tortuosos e sujos. Tudo é breu e silêncio, até que o telefone toca. Um telefone de gancho. Sua campainha é metálica e estridente. Em nada se parece com os toques de celular. Trata-se de um som produzido mecanicamente pelo atrito entre metais e pelos pequenos pulsos elétricos que os fazem vibrar. É um som de antes, de muito antes. O telefone, que tem um disco circundado por números, fica sobre um pequeno aparador rústico de madeira, num corredor que dá acesso aos demais cômodos, depois das salas de estar e jantar. Esse telefone, que Antônia acreditava que nem mesmo linha tivesse mais, só estava adormecido. Agora ele ressurge, autoritário. Soa alto, ordenando que alguém o atenda. Sua ousadia atravessa o tempo e os espaços desabitados, viajando pelo éter daquela casa. Entre esse telefone e alguém que liga, há um sem-fim de intermediários. Cabos de dados. Fiações. Postes, mas também cabeamentos subterrâneos. Palavras convertidas em sinais elétricos se esgueirando pelas fibras e se convertendo em voz outra vez, apenas esperando que alguém, deste lado, levante a base do gancho. Centrais telefônicas obsoletas. Operadoras automáticas. Vozes robóticas costurando palavras numa entonação que, de tanto em tanto, no encontro de determinadas expressões fonéticas, entregam sua condição de máquina, sua emulação de gente. As câmeras de segurança se viram na direção do telefone. Nunca viram algo assim. Os algoritmos das assistentes pessoais se debatem em loop tentando decifrar esse som que nunca ouviram. O telefone os ignora e prossegue, estridente, impassível, sob o comando de alguém, do outro lado da linha, além dos postes, do emaranhado de cabos, da central telefônica. As câmeras aproximam o zoom na direção do telefone. Seus sensores infravermelhos mostram a imagem em preto e branco, granulada, do telefone sobre o aparador. Aproximam a imagem, uma vez que identificaram de onde vem o som, mas nada podem fazer além disso.

23

Da tua boca, o silêncio
Nos teus ouvidos, minhas súplicas
No fundo dos teus olhos, breu
Nos teus lábios, pólvora
Teu sangue, antes quente e úmido
agora rareia, o coração suspenso
em minhas mãos
Tua fleuma, fria e úmida
mero hiato de um sistema respiratório
que já não mais respira
Do fígado, tua bílis
amarela, quente e seca
Do baço
tua bílis, negra, fria e seca
Do teu corpo
o livor que se espalha
Houve morte? Sim
Embora de tua beleza, jamais
E qual a natureza do agente, instrumento ou meio que
a produziu?

Veneno, fogo, explosivo, asfixia
ou outro meio cruel?
Tuas sardas são vestígios
de um caminho a ser percorrido
Teu corpo em repouso
um artefato a me drenar o sono
Reluzente, sobre o leito em inox
refletindo exatamente o que sou
A morte do meu desejo
tem sempre as horas contadas
Então minhas mãos aproveitam
exploram tuas feições, tua compleição
reconstituem-te toda em minúcias
Em teus fluidos corporais
eu antecipo minhas vontades mais subterrâneas
Como quem adivinha o futuro
na borra de café
Nesse ardor necromante
sou inteiro colérico, sanguíneo, fleumático e
melancólico

Todos os meus humores
em um só amor
que eles jamais entenderão

Legista Lírico
Postado em 21/03/2018

24

Era uma casa ampla, a ponto de Mara, a empregada, não dar conta, em um dia só, de todas as tarefas designadas por Alice, de modo que precisava dividi-las em vários dias. Agora, com os joelhos e as mãos contra o chão, esfregava os rejuntes entre as peças de porcelanato, material que revestia uma parte do piso da casa. Alice, do sofá, tentava assistir a um vídeo no celular, mas o som do atrito das cerdas ásperas da escova contra o rejunte era tão alto que dificultava que ela conseguisse ouvir. Pediu que Mara esfregasse com menos força, caso contrário, começaria a gastar o rejunte. Mara não ouvia. Usava um fone de ouvido ligado ao celular e de tanto em tanto murmurava a música que vinha do aparelho, acrescentando uma camada a mais à paisagem sonora que dificultava a concentração de Alice. Depois da morte de Antônia, a casa tinha se tornado um bioma à parte, com fauna e flora únicos. Um microclima definido por características próprias como a tristeza em constantes precipitações, a ansiedade rasteira e uma impossibilidade de processar o luto, dadas as sucessivas tentativas de jamais deixar que Dante e Alice esquecessem do mais antinatural dos acontecimentos: a morte de um filho preceder a morte dos pais. A mais explícita e concreta materialização desse novo ecossistema eram as diversas espécies de cactos, um hobby adotado por Alice e que rapidamente havia se espalhado de forma endêmica pela casa, embora o epicentro fosse o jardim de inverno. Ali, num espaço de cerca de três por três metros, num aquário banhado de luz natural durante todo o dia, estavam os mandaravés, os candelabros, os são-pedros e os ferocactus. Mas diferentes espécies, semana a semana, iam conquistando outros cômodos, alastrando seus diferentes matizes de verde para todos os limites da casa, tornando-a, pouco a pouco, mais árida e afiada. O que na natureza seria um processo cuja formação remonta há bilhões de anos, naquela casa havia acontecido em poucos meses. Às vezes, no meio da noite, ouviam-se os gritos que chegavam a altitudes consideráveis. Já o solo, acidentado, exigia mútua habilidade de Dante e Alice, sentindo o terreno com cautela em todo momento que diziam algo um ao outro, medindo cuidadosamente cada passo, pois uma palavra equivocada podia colocá-los diante de um abismo do qual, cada vez mais, se tornava difícil escapar. Mas o som áspero daquela escova criava uma onomatopeia que parecia não fazer parte daquela formação geológica. E quanto mais Alice tentava não pensar nele, mais pronunciado parecia se tornar. E o murmúrio, igualmente, soava cada vez mais agudo. Um ritmo familiar, mas que Alice não tinha a mínima disposição de tentar identificar. Então ela pede novamente, agora projetando a voz, que Mara esfregue com menos força, embora a empregada ainda a ignore, de quatro, de costas, alheia à irritação da patroa. Alice desiste, vai até a área de serviço e apanha um borrifador, com o qual lança uma névoa delicada sobre os cactos, fazendo acender um verde que lhe aflora a lembrança das samambaias que sua mãe gostava de cultivar no salão de beleza e que, ela própria, Alice, optou por manter depois, como um símbolo da presença da mãe, que tão habilmente havia aberto e gerido aquele estabelecimento que, com o tempo, havia se tornado um dos maiores e mais importantes da cidade, e isso em uma grande cidade. A mãe tinha o pulso firme, um pendor nato para a gestão de pessoas e bom faro para contratá-las. Nem mesmo no leito de morte, perante o câncer, arrefeceu. Não era delicada nem falava pelas entrelinhas. Pelo contrário, ia direto ao ponto e não se importava muito com a pressão que colocava sobre a filha, ao deixar claro para Alice a importância de que desse sequência ao salão, de que fizesse daquele o seu objetivo de vida, pois era ele que a proveria daquele momento em diante, como havia as provido até então. As samambaias estavam lá desde o princípio, e Alice as manteve por todo o tempo. Só as deixou quando vendeu o salão e casou-se com Dante. Mesmo diante das inúmeras dificuldades que surgiam ante a tarefa de cuidar sozinha do salão, aquele senso de independência a orgulhava e, acreditava, honrava a memória da mãe. Uma vida difícil, mas com pequenas recompensas. Por isso, não compreendia a filha, que mesmo com a vida mais confortável que uma família rica poderia proporcionar, parecia viver a pior realidade possível. Infeliz, ansiosa, refém, durante boa parte do tempo, de um transe medicamentoso que já não parecia surtir efeito, embora Dante e Alice temessem muito mais descobrir como, de fato, seria a Antônia sem a ação dos medicamentos. Em certa medida, Alice se ressentia pela vida que proporcionavam à filha mas que ela própria nunca pôde ter. Um ressentimento que de tanto em tanto se tornava frustração e raiva por Antônia não valorizar essa vida que, para Alice, parecia perfeita para uma criança, depois, para uma adolescente, e então, para uma mulher. Quando Antônia completou 16 anos, depois de sucessivas trocas de psiquiatra, havia pedido à mãe que conversasse com o médico para que interrompesse a Ritalina, pois continuava sentindo tudo aquilo que sempre sentira, com a única diferença de que agora não conseguia mais gritar. Alice imaginou que grito teria sido aquele, e se teria feito alguma diferença que tivesse conseguido de fato gritá-lo, mas o único som que ouviu foi o murmúrio desafinado e o roçar das cerdas contra o cimento, uma combinação que a traz ao presente de forma abrupta, fazendo-a espetar o dedo indicador em um dos cactos de que cuidava. O espinho entra debaixo da unha, provocando uma sucessão de reações que primeiro são de espanto, depois o brotar do sangue e finalmente o das lágrimas, num chorar compulsivo, entrecortado por soluços, que nada têm a ver com aquele pequeno incidente. A empregada seguia completamente alheia, até o momento em que Alice retorna, agora tirando um dos lados do fone de seu ouvido.

— Mara, você lembra das coisas que eu mandei você fazer ontem? Coloquei até a lista na geladeira — Alice questiona.

— Sim, Dona Alice, mas não deu tempo, só os rejuntes me tomaram boa parte do dia

— Mas tem que focar no trabalho, Mara. Como é que vai dar tempo ouvindo música o dia todo, distraída assim? Preciso que você faça tudo hoje ainda.

— Mas tá quase na minha hora, Dona Alice. Tenho que pegar meu filho na creche.

— Mas então devia ter pensado nisso antes, Mara. Já pensou se eu começo a descontar do teu salário? Um dia é filho doente, outro dia faz corpo mole. Tá difícil, assim a coisa não anda mesmo. Mas tua sorte é que eu sou boa pra você. Qualquer outra já tinha te mandado embora, viu? Pode ir, mas amanhã vê se chega mais cedo pelo menos pra dar conta de tudo.

— Sim, senhora, Dona Alice — a empregada assente. Depois, pega suas coisas na área de serviço e sai, com a bolsa debaixo do braço e com um nó na garganta querendo desatar.

25

Na mesa de cabeceira, o celular de Alice desenha um retângulo fulgurante que é como um portal a transportá-los do sono para a realidade desperta. A luz projetada pela tela cria um rasgo luzidio que chega quase até o teto. Mas não é apenas luz. Há o som da notificação. E com ela, a pré-visualização da mensagem que Alice e Dante temem descobrir. A antecipação do medo, tão ou mais aterradora que o próprio medo. O celular treme. Sua vibração contra a madeira faz ressoar um abalo que eles vêm experimentando sucessivas vezes. A luz, o aviso sonoro da notificação, a vibração e a pré-visualização de uma linha de texto que tentam ignorar, um conjunto de estímulos que guarda em si o horror de Dante e Alice. Mas não apenas no celular dela. O de Dante se manifesta quase que em sincronia, o mesmo *modus operandi*. Nunca se soube se o próprio instituto de perícia, se os policiais rodoviários ou os civis, não importa. As fotos viralizaram. E uma vez que isso aconteça, não há mais ponto de retorno diante da voracidade pelo mórbido, o fetiche que flerta com as vontades indizíveis, os desejos inomináveis. A perversão que ultrapassa as fronteiras já há muito cindidas, o constante reacender do quinto estágio do luto, a aceitação, que nunca se concretiza. Mas não é apenas dos celulares de Dante e Alice que as notificações brotam. Também do tablet, que acusa o recebimento do e-mail. E do laptop, que notifica a mesma mensagem. E ao mesmo tempo, se misturam as luzes das telas que se acendem, os avisos sonoros e as vibrações das notificações, as pré-visualizações das mensagens, que nos dispositivos maiores também mostram miniaturas das imagens, e tudo cria, por alguns segundos e ao mesmo tempo, uma paisagem sonora que é uma sinfonia cruel. Da primeira vez, é Dante quem antes recebe uma mensagem com as imagens. Antônia havia morrido havia apenas uma semana, e Dante lidava com os preparativos de um espetáculo de fogos para a inauguração de uma obra pública de uma cidade vizinha, cuja comemoração se daria com o show pirotécnico e a apresentação de um músico. O assunto da mensagem dizia "Urgente! Informações sobre sua filha", o que fez com que Dante a abrisse imediatamente. Quando abriu e visualizou o conteúdo, sentiu as pernas bambas e a sensação de como se estivesse sendo tragado para dentro dele mesmo, caindo em um buraco sem fim. Enquanto a mão que segurava o celular abriu-se, soltando o aparelho, por impulso, a outra agarrou-se na grade de uma cerca próxima, retardando a queda de Dante, que logo foi acudido por funcionários que estavam ao seu lado. Naquela noite, não dormiu. E em muitos momentos, as imagens voltavam a sua mente, assombrando os dias. A cada nova notificação que chegava, temia que as imagens fossem enviadas outra vez. Demorou uma semana para que tivesse coragem de contar à Alice o que havia acontecido. E não por opção, mas porque era perceptível como andava com o olhar vazio pela casa, mais calado do que o normal e assustadiço, como um animal que fora ferido e agora andava com todos os sentidos em alerta, além do fato de precisar tirar aquilo de dentro de si, compartilhar o horror com alguém. Na vez seguinte em que as imagens foram recebidas, quase duas semanas haviam se passado e, nessa ocasião, Alice também fora inclusa entre os destinatários. E então os intervalos entre um envio e outro começaram a diminuir, sempre a partir de diferentes remetentes e com assuntos diferentes, agora em nada relacionados com a morte de Antônia, de modo que Dante e Alice sempre fossem pegos de surpresa, para que não pudessem simplesmente apagar as mensagens sem abri-las. Em uma dessas ocasiões, Alice recebeu uma ligação de um contato desconhecido. Já intuía o que lhe esperava, mas, ainda assim, não se conteve diante da curiosidade de ouvir o que tinham a lhe dizer. Quando atendeu, por alguns segundos, tudo que ouviu foi alguns ruídos e, ao fundo, o que lhe parecia risos abafados, até que uma interlocutora surge, do outro lado da linha, sussurrando a palavra “mamãe” diversas vezes seguidas, emulando um tom que foi do sensual até o sofrimento. Não era a primeira vez que Alice pedia que Dante trocasse seus números de telefone e e-mails, nem seria a última. Mas, no fim, a internet sempre encontrava uma forma de ter acesso aos novos números. E sempre uma nova investida surgia. Foi assim por semanas, até que os envios cessavam, também por semanas, até recomeçarem, que era quando uma nova horda de pessoas era impactada pelo conteúdo de vídeos produzidos por youtubers que falavam sobre o caso, e então alguém postava nos comentários um link para um fórum, que, por sua vez, trazia as imagens, e também o contatos de Dante e Alice. Então o ciclo recomeçava, até trazê-los aonde estão agora. Mas essa noite, nenhum deles atende aos caprichos de seus dispositivos, pois ambos imaginam o que os espera. Encaram o teto, com medo do que vem amanhã, com tudo aquilo com que ainda precisam lidar. E é assim até o raiar do dia, quando, enfim, a luz do sol invade o quarto, pondo fim à noite.

26

O APLICATIVO DE FOTOS DE ALICE a relembra sobre um álbum antigo. Uma viagem de férias à Argentina e uma visita ao zoológico de Buenos Aires. Os três estão em frente à jaula do leão, que ruge. Ensaiam uma careta feroz, dentes à mostra, imitando a ferocidade do leão. Alice lembra esse momento com clareza porque, embora não seja possível ver na fotografia, tinha os olhos marejados, e lhe preocupava que a cara de choro saísse estampada na foto quando revelada. Trouxera na mala a angústia e a fúria de uma constatação infeliz. Havia descoberto um caso recente de Dante, embora não tivesse encontrado, ainda, a coragem para confrontá-lo. Ao menos, não até aquele momento, de forma que a revelação a acompanhava em cada passeio, cada café, almoço e jantar. À noite, cada vez que Dante a procurava na cama, se esquivava com um pretexto diferente. Acreditava que aquele não era o momento de pôr o assunto às claras, mas, mais do que isso, lhe preocupava o desfecho da relação depois que contasse sobre sua descoberta. Ela se arrependia, sobretudo, de ter tomado a iniciativa de fazer da desconfiança uma busca. Nunca achara que Dante fosse fiel o tempo todo, mas havia um abismo entre a suspeita e a certeza. E daquele momento em diante, esse se tornou mais um dos tantos outros motivos que faziam com que Alice ponderasse cada vez mais sobre sua decisão de abandonar sua vida pregressa para casar-se com Dante. Como no mito de Tântalo, ao ousar conquistar aquele saber proibido, porque antes, o que os olhos de Alice não viam, seu coração não sentia, sua sentença foi permanecer eternamente mergulhada no regato que era aquele casamento, embora, toda vez que se sentia sedenta e tentava beber a água, esta desaparecia. E quando estava faminta e tentava alcançar as frutas amarradas na coroa em sua cabeça, o vento soprava e as arremessava para longe. Eventualmente, acabou fazendo com que Dante soubesse que ela sabia, ainda que isso não tenha resultado em nada muito concreto. Seguiam casados através dos anos, vivendo um acordo tácito em que Dante não se furtava de suas aventuras e Alice não abria mão do padrão de vida que haviam conquistado e de todos os esforços empreendidos para construir aquilo a que chamavam família. Mas sua descoberta havia cobrado um preço com o qual já não conseguia arcar, porque a sede não tinha fim, tampouco sua fome. Acordar com aquele homem, sentir seu hálito todas as manhãs, a barba por fazer que lhe arranhava o colo, o cheiro de cigarro e perfume barato que em algumas madrugadas trazia da rua, dormir com aquele homem dentro dela, tudo acentuava esse vazio que a devorava por dentro, porque já eram, havia muito tempo, ou talvez desde sempre, incompatíveis. A Alice daquela foto era uma personagem. Sim, de fato era feroz, mas por outras razões. Talvez ela própria, pensava agora, deveria ocupar o lugar do leão, encarcerado dentro da jaula, rugindo de raiva pela condição na qual se encontrava, mas também como um artifício instintivo cujo objetivo era demonstrar algum poder que pouco valia naquele contexto. Com os dedos em forma de pinça, ela amplia a imagem no celular. Repete o gesto sucessivas vezes até que o rosto de Antônia ocupa a tela inteira e se demora nele. Depois arrasta a imagem para o lado e é o rosto de Dante que preenche o celular. Finalmente, arrasta a foto até que seu próprio rosto esteja em destaque. Observa atenta, busca pelas minúcias, encarando os próprios olhos na fotografia, uma busca por algum vestígio, um detalhe que mostre aqueles olhos marejados. Por um instante, tem a impressão de que consegue ver o fundo dos olhos num vermelho quase imperceptível, as sobrancelhas e os músculos da região dos olhos sutilmente dispostos de maneira a lembrar um rosto prestes a chorar. Então, num movimento oposto com os dedos, afasta a imagem até que a composição inteira caiba outra vez dentro dos limites da moldura da tela do celular. A ideia de uma família perfeita aprisionada numa memória, num registro que de verdade, pouco guardava.

27

Eu juro
Por Apolo médico
por Esculápio, Hígia e Panacea
velar teu sono eterno
ainda que apenas por poucos minutos
Contemplar teu corpo em adoração
Uma oferenda aos meus apetites
Sangria desatada
porque cada instante conta nesse amor interdito
Tuas sinuosidades me guiam
através do teu torso inerte
Teus relevos me põem ofegante
pela força que demanda alcançá-los
Ninguém te conhece como eu te conheço
Homem ou mulher algum esteve aonde estive
Abro um espaço todo meu no teu coração
Ainda que a fórceps
porque posso
O fio de corte marcando o itinerário

até o destino final
que é também o desenlace
Estudar teu avesso
Descobrir as razões
Despir-me do látex que me cobre os dedos
para decifrar teu passado
Minhas digitais contra tua epiderme violácea
para consumar nosso futuro

Legista Lírico
Postado em 11/05/2018

28

Passa da meia-noite e apenas Alice ocupa a metade da cama que lhe é de direito. Cama que parece enorme, mas que soa pequena diante da amplitude do quarto, que, por sua vez, é um cômodo ínfimo quando comparado à extensão da casa inteira, com suas peças amplas, banhadas pela luz natural das grandes janelas e portas de vidro, pelas claraboias. Uma casa vasta com seus móveis de design assinado e um pendor minimalista, com seu jardim de inverno, cactos, e com o quintal espaçoso. Uma casa superlativa que fazia Alice se sentir menor e sozinha, incapaz de ocupar esse vazio que se pronuncia ao seu redor e dentro dela. Uma solidão a ponto de fazê-la sentir saudades mesmo das discussões. Dos gritos que preenchiam o hiato dos diálogos. Do estampido seco das portas batendo se sobrepondo às brechas daquela família. Do murmúrio da tevê se insinuando para além do quarto de Antônia, do som incessante das notificações em seu celular, das redes sociais, do WhatsApp, das ligações, recursos que ela fazia questão de manter ativados, talvez porque eles próprios também a ajudassem a aplacar essa sensação de exílio, mesmo junto a outras pessoas, mesmo em meio a milhares delas na internet. Talvez, afinal, não fosse apenas vaidade em exibir o próprio corpo, mas essa vontade triste e dopamínica de sentir-se notada, amada, de se fartar de vida, quando tudo parecia levar ao oposto. Da primeira vez, Dante ameaçou mandá-la embora de casa. Nunca ficou claro se falava literalmente ou se era apenas uma figura de linguagem, embora nunca tenha chegado às vias de fato. Contudo, fora nessa ocasião que Dante dissera que nunca havia sentido tanta vergonha dela, e que nunca ela o havia decepcionado tanto. Antônia então encarava Alice, à espera de alguma reação, a favor ou contra, que fosse, mas apenas uma reação. Na segunda vez, bradou que Antônia parecia uma puta na internet, mostrando a bunda para quem quisesse ver, ao que Antônia o questionou sobre qual seria seu problema com as putas, já que, aparentemente, ele parecia gostar delas, especialmente depois da meia-noite. Dessa vez, Alice preferiu trancar-se no quarto a participar da discussão, que se estendeu noite adentro. E desde então, a cada vídeo ou foto semelhante postados por Antônia, os embates recomeçavam. Agora as cicatrizes deixadas por esse sentimento de indiferença reacendiam. E frequentemente, como uma tentativa de atenuar a culpa que sentia, Alice tentava atribuir sua omissão ao fato de não compreender a dinâmica dos embates entre pai e filha, já que nunca tivera um. Era mais simples em sua juventude, sua mãe mandava, e ela obedecia. E até onde recordava, o sistema parecia funcionar muito bem. Ela não precisava conquistar uma plateia de milhões de pessoas ao redor do mundo, nem sentir-se amiga dela, bastava contentar sua mãe, e tudo daria certo. Isso, porém, levava a um duplo sentimento de culpa: fora omissa ao dar à Antônia toda a liberdade de que ela poderia dispôr na internet, mas também em relação às consequências que essa liberdade começou a acarretar a partir do momento em que passou a ser uma dependência. Desde a morte de Antônia, estes eram os pensamentos que lhe acometiam todas as noites, quando ia para a cama. E para escapar deles, se valia de dois artifícios: um Rivotril e o celular para distrair-se. Se tivesse acesso ao aplicativo de mapas do celular de Dante, veria o pequeno ícone do automóvel movendo-se lentamente em uma zona industrial da cidade quase desabitada durante a noite. Alice, por sua vez, toma o rumo do sono. Seus olhos se fecham, e por trás deles, todo um outro universo desperta. Por alguma razão, a imagem de Roberto é a primeira que surge e, como é comum no mundo dos sonhos, nada precisa ser dito ou explicado, tampouco os impeditivos comuns têm validade aqui. A partir de então, tudo o que Roberto faz à Alice dentro do sonho, suas mãos reproduzem fora dele. Por isso, uma delas toma um sentido cujo destino é raramente frequentado por Alice. Um caminho sinuoso que termina aonde suas pernas se encontram. Nesse lugar ermo, seus dedos trafegam em movimentos circulares. Ora com a delicadeza de quem atravessa um rio congelado sob uma fina lâmina de gelo, ora com a força de quem tem pressa. E tão rapidamente como Roberto surge, desaparece, trocando de rosto e corpo com Alexandre, um colega de trabalho de Dante, e logo com Felipe, um colega de academia, que leva as mãos de Alice a distâncias ainda maiores, lugares mais profundos e onde o vazio parece desolador. Os dedos desse homem, que são também os dedos de Alice, deveriam encontrar um lugar de arrebatamento. Entretanto, tocam algo cuja identidade é desconhecida. Seus arredores são secos e ásperos. Um espaço que é uma lacuna, enorme. Como se toda a imensidão daquela casa solitária estivesse espelhada em algum lugar dentro dela que é impossível definir com precisão. Então, seus dedos apertam forte essa coisa inominável, cuja reação se traduz em choro. Um choro que começa no sonho e se transpõe para o real, embebendo o travesseiro.

29

EM SEU AUGE, que foi na época em que a mãe de Alice o comandava, o salão havia sido enorme. Começara na casa em que moravam e, ao longo dos anos seguintes, cresceu a ponto de se tornar um dos maiores da cidade. Num bairro de casas coladas umas às outras, a mãe de Alice conseguira alugar outras três geminadas, de modo que, com o tempo, o estabelecimento tornou-se um enorme labirinto, um sem-fim de corredores e passagens abertas posteriormente que ligavam os imóveis entre si. Como havia aproveitado muito da mobília das demais casas, cada uma delas, apesar de ser parte de um todo, soava como um lugar diferente, exceto pelas samambaias, que eram o elemento comum a todas elas. Entre manicures, pedicures e cabeleireiras, o salão havia chegado a ter trinta profissionais. Um espaço e um contingente capazes de atender muitos clientes ao mesmo tempo. Nos dias de maior movimento, era como um formigueiro. Pessoas transitando em todas as direções, um cicio ininterrupto, um mar de gente cuja lembrança ajudou a sedimentar as memórias da infância de Alice. Quando voltava da escola, era comum vê-la jogada em algum dos sofás, fazendo o dever. Ou brincando com as outras crianças do bairro. Depois, já no fim do dia, com o uniforme da escola pública amarrotado e um pouco sujo, voltava para o salão, onde ficava assistindo tevê até que fosse a hora de ajudar a mãe a fechar o estabelecimento. Conforme foi crescendo, aprendia pequenas lições não apenas sobre o ofício em si, mas também sobre como gerir o negócio. E quando foi sua vez de assumir, após a morte da mãe, os tempos já eram outros. Das quatro casas, havia ficado somente com duas. E quando Dante a pediu em casamento, um convite atrelado à condição de que ela deixasse sua cidade para morar com ele, a centenas de quilômetros dali, entregara a última casa alugada e vendera a casa em que havia morado, por toda a vida, com sua mãe. Parte do que ganhara na venda, usou para pagar as rescisões dos funcionários que havia precisado demitir. O resto, aos poucos, foi sendo investido na empresa de Dante, que já era grande à época, mas que cresceu com o passar dos anos, e com a ajuda do dinheiro de Alice. Agora restava o tipo de sensação amarga que fica na boca quando se constata uma decisão errada, um retrogosto de fracasso, que em parte também se dá por uma incapacidade de conciliar expectativas e fatos, uma sensação equívoca de acreditar que se sabe quando algo dará certo, de que planos funcionam, ignorando todo o caos e a incerteza pelos quais a vida é regida. Mas para Alice, era difícil até mesmo racionalizar pelo que era infeliz, pois, se não era possível antever tudo que aconteceu a partir do momento que aceitara casar-se com Dante e as condições impostas por ele, tampouco era possível ter a convicção de que as coisas sairiam melhores se tivesse escolhido deixá-lo em algum momento, se houvesse sido menos omissa em relação à dinâmica entre Dante e Antônia, se houvesse tentado colocar mais esforço em percebê-la segurando suas mãos, olhando em seus olhos, em vez de tentar, ou achar que tentava, através da mediação das telas, apenas por aquilo que Antônia postava, ou seja, a partir do próprio filtro daquilo que Antônia escolhia tornar público, que já era, por si só, editado e enviesado. As mesmas redes em que suas amigas pareciam ter vidas perfeitas. Em que as dinâmicas familiares soavam sempre idílicas, onde largos sorrisos tentavam mostrar como aquelas mulheres eram casadas com homens que as respeitavam, que levavam em consideração aquilo que diziam, que andavam ao lado, sem tentativa alguma de estabelecer uma sutil ou nem tão sutil relação hierárquica. Fotos que mostravam filhos felizes, bem-cuidados, fartos de amor e compreensão, e não drenados de vida, desesperados por afeto, reféns de resquícios de atenção que mendigavam em cada postagem. No fim, era como se tudo isso fizesse com que Alice se sentisse culpada inclusive por não se sentir feliz e grata à vida que tinha. Ainda que, no fundo, soubesse que cada uma dessas imagens postadas fosse como vidas cenográficas, habilmente construídas de forma a expor um verniz de perfeição na frente, enquanto, nos bastidores, tudo que havia eram imensos espaços vazios e frágeis escoras suportando o peso daquelas mentiras bem iluminadas. Uma pseudofelicidade despótica, imposta. Reflexo de uma sociedade pontilhista onde tudo que importa é a sensação do momento, o instantâneo, o efêmero, uma fração de vida que é eternizada sob a perspectiva da perfeição, ainda que não passe de uma imitação, um arremedo de qualquer coisa que seja capaz de despertar admiração, desejo, inveja ou qualquer sentimento que corresponda à carência que rege essas posturas. A internet como o espelho fiel da psique humana, construída a partir de suas inúmeras camadas, com tudo aquilo que é minimamente aceitável e, de preferência, belo, na superfície, e tudo aquilo de mais obscuro, estranho e perverso enterrado em lugares muito profundos, mas, ainda assim, acessíveis, seja intencionalmente ou como reflexo involuntário despertado por um sem-fim de gatilhos e estímulos acontecendo trilhões de vezes por segundo em sites, redes, fóruns e mesmo na mídia, que se tornou apenas uma extensão da internet, um tipo de tela a mais entre tantas outras. Para Alice, era um sentimento de fissura. Por um lado, sentia-se saudosa de um tempo que, naturalmente, era impossível alcançar exceto no universo das memórias. Um tempo de mundos mais circunscritos, a casa da infância, o salão da mãe, o bairro, a escola. Por outro lado, justamente pela impossibilidade da volta a esse mundo perfeito, sentia o presente, infinito, com todas as suas distrações inebriantes, como um antídoto, ainda que se percebesse completamente refém dele. Era como um fumante trocando o cigarro pelos chicletes antinicotina, um vício trocado por outro, embora, nesse caso, o substituto provavelmente fosse muito mais nocivo que o vício original.

30

Um barracão imenso. Corredores a perder de vista. Estruturas metálicas, do chão ao teto, suportando o peso de embalagens de todos os tamanhos, formatos e cores. Centenas, talvez milhares de pacotes, por sua vez, consequência de milhares de cliques. O medo como moto-perpétuo do mercado de consumo, a vontade de ter, que sufoca o medo de ser. Um pacote puxando o outro, um pedido emendado no outro, criando a cortina de fumaça perfeita que distrai, que anestesia, que impede de pensar no que está por vir, na noite que se aproxima, no dia seguinte, no mês que vem. Há sempre algo no que se prender. Recebemos seu pedido; Pagamento aprovado; Em separação; Entregue à transportadora; A caminho do destinatário; Entrega concluída. Jargões usados à exaustão, a ponto de se tornarem parte do imaginário comum. Um fio condutor cujo traçado é sempre a busca pela felicidade, que, ironicamente, resulta na infelicidade. Muitas vezes, não aquela decorrente da falta de escolhas, mas, pelo contrário, do excesso. Dentre todas essas embalagens, o homem aponta um scanner em forma de pistola. Mira um código que se transforma em número que se transforma em instruções. O homem tem os olhos vidrados de quem tem pressa, de quem não tem tempo a perder, justamente porque tem muito a perder. O homem é magro e tem os olhos fundos de quem não dorme o suficiente. Tem também as mãos trêmulas de quem o corpo não teve tempo para se reconstituir plenamente à noite. Gotas de suor escorrem das têmporas do homem. O crachá do homem diz um nome que nesse mundo não importa. O homem põe a caixa junto a uma pilha de outras caixas, que, por sua vez, estão sobre um carrinho que o homem empurra até a traseira de um veículo com as portas do baú abertas. O baú engole as caixas. O homem entra no carro, seus movimentos são rápidos, o homem parece se mover em velocidade vezes dois. O celular, no painel, indica o endereço da próxima entrega. Aponta também o nome do destinatário, que, para o homem, é só um nome, e só um endereço, igual a qualquer outro endereço das centenas de entregas que ele tem para cumprir hoje. O homem tem metas, e corre atrás delas, porque tem muito a perder. O homem não sabe o que há em nenhuma daquelas caixas no baú, mas sabe que para que a meta seja cumprida, elas precisam chegar aonde estão destinadas a ir. As metas diárias são sagradas, mas seu emprego também, de modo que às vezes se vê forçado a se valer de certos artifícios para cumprir a meta, ou ao menos fazer parecer que cumpriu a meta. Destinatário ausente, ainda que o homem nem mesmo tenha passado perto daquele endereço. O destinatário não vai morrer de esperar mais um ou dois dias, o homem acredita. Os três filhos do homem, por outro lado, morrem se ele não tiver emprego e não levar comida para casa. O homem é rápido, apressado, espelho de uma sociedade que se acostumou com a rapidez da vida digital. A compra em um clique. A entrega em um dia. Veloz também é a maneira com que o homem se desloca em meio ao trânsito. Corta a frente de um automóvel que não condiz com sua pressa. Fura um sinal vermelho. O destinatário sempre tem pressa e sempre tem razão, é o que diz seu supervisor. O mapa aponta os caminhos, aconselha atalhos, recomendas os trajetos menos movimentados. Logo o leva a um bairro de casas nobres e, por fim, à rua que o aplicativo indica como o destino final. Agora o homem desacelera, presta atenção aos números das casas. O homem desce do carro e abre as portas do baú. Durante o percurso, algumas caixas trocaram de lugar entre si. O homem verifica algumas até encontrar a que corresponde ao endereço em que se encontra. Ele ajeita o boné e toca a campainha, mas ninguém o atende. Toca uma segunda vez, sem que ninguém apareça para recebê-lo. Na terceira, Alice atende à porta. Parece catártica. Os olhos fundos, curiosamente parecidos com os do homem. O cabelo revolto e um chambre manchado com os restos de algum alimento. Alice não diz nada, nem mesmo responde ao bom-dia do homem. Ele apenas informa:

— Encomenda para Antônia. A senhora assina aqui, por favor?

Alice o encara por um tempo, que se torna desconfortável antes que volte os olhos ao pacote e de volta ao homem. Ainda não é capaz de dizer nada, apenas atende ao pedido e assina. O homem agradece e volta rapidamente para o veículo. No mapa no celular, o aplicativo mostra o próximo destino. No retrovisor, a casa de Alice vai tornando-se menor, até desaparecer por completo.

31

Cento e vinte e três batidas por minuto. É o que aponta o relógio no pulso de Alice. Um número brilhante logo ao lado de uma linha vermelha que mostra, em forma de gráfico, as oscilações de seu coração. Do seu lado direito, uma enorme fileira de esteiras organizadas lado a lado em perfusão. Cada uma delas com uma tela que não apenas apresenta informações de quem as usa, como também permite que essas mesmas pessoas emparelhem com elas seus celulares, tornando as esteiras extensões desses aparelhos. Do lado esquerdo de Alice, uma série de aparelhos de exercício se projetam ao largo da academia. Ela está posicionada de frente para uma grande extensão de espelhos. Com os braços rentes às laterais do corpo, realiza um movimento que consiste em subir e descer os antebraços enquanto segura, em cada uma das mãos, halteres de ferro de cinco quilos cada. O sistema de alto-falantes toca uma playlist que enfileira músicas com cara de academia. Enquanto faz a primeira série de exercícios, através do espelho, Alice percebe que um homem, notoriamente mais jovem que ela, a encara. Seus olhares se cruzam pelo reflexo. Quando começa a segunda série, não consegue evitar olhar na direção em que o homem está. Outra vez os olhares se cruzam, e o homem sorri. O relógio de Alice indica um pequeno aumento em seus batimentos, ao mesmo tempo em que ela prossegue com o movimento dos halteres. Próximo dela, um homem de meia-idade corre mais rápido do que sua condição permite, batendo os pés com força contra a esteira num trote desajeitado e pesado, chamando a atenção de todos que não estão usando fones de ouvido. Alice encerra a segunda série. Percebe que o homem conversa com o amigo, com o qual reveza o aparelho em que se exercitam. Ambos sorriem para Alice enquanto conversam, a olhando. Quando Alice começa a terceira série, pelo espelho, percebe que o homem parece vir em sua direção. Mas ele hesita diante do chamado do amigo, que lhe fala algo ao pé do ouvido. Alice interrompe a terceira série no meio. Seu relógio mostra que o coração acelera mais um pouco. O homem agora caminha de fato em sua direção. Alice ajeita o cabelo rapidamente. Quando se aproxima, ele acena para Alice, simpático, pelo espelho. Alice se vira, e agora estão um de frente para o outro.

— Oi, tudo bem? — ele diz.

— Tudo. E você? — Alice responde.

— Desculpa te atrapalhar no meio da série, mas nós estávamos te olhando de lá e ficamos com uma dúvida.

— Não tem problema, mas qual a dúvida de vocês? — Alice pergunta, fazendo cara de curiosa e mexendo no cabelo outra vez, já imaginando estar diante de alguma dessas cantadas ensaiadas de internet.

— Espero que eu não seja indiscreto demais, mas você não é a mãe daquela menina que sofreu um acidente e as fotos vazaram?

A primeira reação de Alice é desarmar o sorriso que até então sustentava. Por alguns segundos, ela não sabe como reagir, nem o que responder, nem mesmo para onde olhar.

O homem, completamente alheio à reação de Alice, prossegue.

— Desculpa, mas eu reconheci você pelas reportagens na internet. Falei pro meu amigo que tinha certeza, e ele me disse que eu tava viajando. Eu sabia que era você.

Alice apenas apanha os halteres de chão e faz menção de prosseguir o exercício que havia abandonado na metade. O homem olha para trás, à procura da reação do amigo, e arma uma expressão de dúvida no rosto antes de voltar para Alice e insistir mais uma vez na abordagem.

— Olha, eu achei que tudo bem só perguntar. Já faz um tempo, não? Desculpa. Não quis aborrecer você.

Alice o ignora completamente e olha para o espelho de uma forma que não cruze outra vez o olhar com o homem, que recomeça:

— Nossa, desculpa. Não era a intenção te aborrecer, mas eu não vou me perdoar se eu não te fizer uma última pergunta — ele diz.

Relutante, Alice olha para ele, com incredulidade, mas acena com a cabeça, dando a entender que ele fale logo.

— Você se importa de fazer uma selfie comigo? Por semanas só se falou do caso de vocês no trabalho — o homem diz, já sacando o celular do bolso mesmo antes de qualquer resposta de Alice.

— Tudo bem, certo? Só uma foto — ele emenda diante da expressão de incredulidade ainda mais acentuada de Alice perante a pergunta.

Ela encaixa cada um dos halteres num rack próximo a eles, depois se volta para o homem.

— Rapaz, você nunca mais fala comigo, caso contrário, eu vou fazer uma queixa formal pra administração da academia — Alice diz num tom de voz agora mais exaltado, o que chama a atenção das mesmas pessoas que se voltaram para o corredor barulhento na esteira.

O homem esboça um sorriso debochado, depois olha outra vez para o amigo, girando o indicador perto do ouvido, como se questionasse a postura e a sanidade de Alice.

Ela vai embora, sem olhar para trás, e o relógio no pulso agora marca cento e noventa batimentos por minuto.

32

Dante

Alice, hoje a gente tem que conversar

Alice

Eu sei do que vc quer falar, Dante

Dante

Sabe como?

Alice

Posso te dar uma lista de motivos

Dante

Sou todo ouvidos

Alice

A frequência com que vc tem ido pra sacada quando chega mensagem no seu celular

Alice

As “partidas de tênis” que triplicaram

Alice

As “reuniões de trabalho” que misteriosamente começaram a acontecer nos mais diversos horários

Alice

Quer mais ou tá bom?

Dante

Me poupe, Alice

Alice

Como se o teu histórico falasse a favor, né

Dante

Foi uma vez, Alice

Dante

E a gente tinha acertado que isso ia ficar pra trás

Alice
Como que vai ficar pra trás quando vc começa a repetir exatamente o mesmo comportamento, Dante?

Alice
Você podia pelo menos não insultar a minha inteligência, né

Alice
Me trair com uma vagabunda daquelas, todos os nossos amigos sabendo, eu fazendo papel de idiota na frente de todo mundo

Alice
Humilhada

Dante
Engraçado, Alice

Alice
O que é engraçado?

Dante
Se foi tão traumático assim, por que você não separou?

Alice

Porque tem muito em jogo, Dante

Alice

Porque é uma vida construída

Alice

Porque a gente tinha uma filha

Alice

TINHA, reparou no tempo verbal?

Alice

O que torna a sua atual traição ainda mais especial

Dante

Não tem traição, Alice

Dante

Pra ser sincero, não tem nem mais casamento. Se não tem casamento, não tem traição

Alice

Que conveniente esse argumento. Agora não tem casamento? Essa é novidade pra mim

Dante

É insuportável isso

Alice

O quê??

Dante

Essa mania, essas narrativas que vc cria na sua cabeça e não há quem te convença do contrário

Dante

Não tem ninguém, não tem traição

Alice

Ou será que vc tava testando a água pra ver se era uma boa hora pra contar?

Dante

Pelo amor de Deus

Alice

Então vc ia falar do que, Dante?

Dante

Essa história das mensagens, eu não aguento mais, não tenho paz, vivo na tensão de receber a próxima

Dante

...

Alice

E?

Dante

Pensei em tirar uns dias, ir pra algum lugar

Alice

Nós ou você?

Dante

Eu, Alice

Dante

Preciso de um tempo sozinho, sem empresa, sem telefone

Alice

Sem esposa...

Dante

Até onde eu sei, isso não depende da sua aprovação

Dante

Eu tava tentando ter consideração com você

Alice

Agradeço, Dante

Alice

Vai com Deus

Alice

E com quem mais você estiver planejando levar

Dante

Esse tipo de coisa deixava a Antônia possessa

Alice

Que coisa, Dante??

Dante

Deixa assim, tem coisas que é melhor não falar

Alice

Vc tem a coragem de insinuar que a Antônia morreu por minha culpa?

Alice

Quem é que dizia que ela parecia uma puta na internet, Dante?

Alice

Quem ameaçou expulsar ela de casa?

Dante

Ela não morreu por isso, Alice

Dante

A nossa filha morreu porque sentia tanto a falta da mãe, que ela precisava compensar essa carência se mostrando na internet pra qualquer vagabundo que quisesse comer ela

Dante

Eu tava tentando salvar ela

Alice

Salvar?

Alice

Vc acredita nisso de verdade?

Alice

Ou vc contou tanto essa mentira pra vc mesmo que ela virou verdade?

Dante

Alice...

Dante

Que moral você tem pra falar desse tipo de relação?

Dante

De toda forma, é isso

Dante

Eu ia conversar hoje à noite, falar sobre a minha viagem de forma decente

Dante

Mas você conseguiu armar um circo, como sempre

Dante

Às vezes eu penso que seria o melhor pra nós dois ter te deixado cuidando daquele seu salão

Alice

Pois é, Dante, você tá sempre salvando alguma mulher, só que elas nunca se sentem salvas...

33

Como cuidar de cactos? Dicas para mantê-los sempre saudáveis

Cultivar cactos não é tão difícil como você imagina. Veja estas dicas para tê-los em casa

Por Priscila Vidal

Atualizado em 16 nov 2018, 08h23

Na tela do celular de Alice, em meio a uma confusão de banners, a matéria começava dizendo que "Recentemente, os cactos acabaram conquistando um lugar especial na decoração de interiores. E ao contrário do que o senso comum aponta, eles são práticos e adaptáveis a diversos ambientes".

Quando Alice tentou passar para o parágrafo seguinte, uma janela de propaganda se sobrepôs a todo o conteúdo. Mesmo clicando no pequeno X situado no canto direito superior da janela, Alice não conseguiu fechá-la imediatamente. Por um tempo, um retângulo branco cobria o conteúdo, até conseguir fechá-la por inteiro.

"Você já sabe: cactos precisam de sol. Lembre-se de que, por serem uma espécie originária do clima árido e seco do deserto, a abundância de sol, pelo menos seis horas por dia, é fundamental para a sua saúde e plena adaptação em seus espaços", dizia o parágrafo seguinte. Nada que Alice não soubesse. A parte do conteúdo que lhe interessava, julgava, estava mais à frente no artigo. Quando tentou rolar o conteúdo para continuar lendo, mais uma janela em forma de banner se colocou entre ela e o conteúdo. Dessa vez, um marcador de tempo era exibido na tela, de forma que foi preciso que esperasse por trinta segundos para ter acesso ao X que permitia fechar a janela. Quando tentou prosseguir, um número tão grande de banners se sobrepôs ao conteúdo, que tornou impossível qualquer tentativa de leitura. Primeiro Alice apertou com força o celular, o espremendo em sua mão direita. Depois, o único impulso que seu corpo conseguiu materializar diante daquela frustração foi lançar o aparelho contra a parede, transformando a tela em centenas de pequenos fragmentos de vidro espalhados pelo piso da cozinha. Com a cabeça entre as mãos, arrependida de sua explosão, Alice estava prestes a chamar Mara, quando ouviu a campainha tocar. Respirou fundo, desviou da tela esfacelada no chão e foi até a porta. Estava tão absorta na tentativa de ler o artigo, que havia esquecido o pedido de almoço feito pelo aplicativo há uma hora. Quando abriu a porta, a primeira coisa que viu foram seus próprios olhos fundos, seu cabelo revolto, sua expressão atônita refletida na viseira do capacete do entregador. Era como se um medo inato houvesse sido despertado por aquele reflexo. Como se temesse tornar-se pedra, diante da forma mais aterradora de se descobrir, que é ver-se no outro. Quando finalmente foi arrancada do transe a que havia sido lançada, confrontou o homem, dizendo-lhe que era uma falta de respeito chegar à porta dos clientes com o capacete na cabeça, mesmo que levantado, e que o classificaria com uma nota baixa no aplicativo, para que aprendesse a prestar um serviço melhor. O homem apenas entregou o pacote de forma ríspida, virou as costas e saiu sem dizer palavra alguma, acelerando e fazendo o máximo de barulho com o escapamento, antes de enfim arrancar e ir embora.

34

Na natureza morta da tua beleza
contemplo teus órgãos pálidos
dispostos sobre a mesa

Ergo um altar às tuas formas
ao teu feitio plácido
E me deixo levar
pelo transe fulgurante
para mim, hipnótico
para dentro de ti

Não há sutura que dê conta
de estancar meu desejo
Não há bandagem
capaz de conter meu ardor

No teu ventre, repouso meu ouvido
Como quem ouve o vazio
de uma concha a ecoar o mar
Ao teu redor

meus braços envoltos
em abraços lânguidos
Minha flama contra tua pele, glacial
eletricidade estática
precipitação atmosférica

Meu dilúvio em teu solo, árido
Minha semente em tua terra estéril
Me desmancho em milhares
Pra sermos um só
Mesmo que só por agora

Legista Lírico
Postado em 12/09/2018

35

Alice pede que a assistente virtual toque uma playlist de sua adolescência. Nas primeiras notas da primeira música, seu cérebro é tomado por uma descarga de dopamina, um neurotransmissor que, ao mesmo tempo, pode ser veneno ou antídoto. Em níveis normais, provoca uma sensação de bem-estar. Em níveis exacerbados, é parte do que motiva comportamentos compulsivos que geram sensação de prazer, que vão do abuso do álcool e uso excessivo do celular até o simples desejo recorrente de arrancar pelos do corpo, a tricotilomania. Mas nesse momento, o que a combinação da memória musical e do pico dopaminérgico fazem é levar Alice a outro tempo ou, mais precisamente, outro mundo. Ela se vê agora no salão de sua mãe, que um dia também já foi seu, embora faça tanto tempo, que ela já não é capaz de se lembrar das minúcias. Gradualmente, as lembranças de certos detalhes vão se tornando borradas, opacas, até que só resta uma ideia geral, como uma fotografia onde se vê o assunto principal, em primeiro plano, mas perde-se informação atrás, desfocada. Alice se lembra da posição dos espelhos e das cadeiras. Lembra-se das samambaias. Lembra-se do piso ladrilhado do salão principal da primeira casa e do sofá de chenille marrom. Uma lembrança na qual Alice se sente acolhida, como num útero.

A tela do automóvel de Dante indica um traçado em azul, da origem ao destino, que marca o lugar aonde ele pretende chegar. Um trajeto que aponta a realidade de um homem que se afoga de presente, para esquecer o passado. Uma sequência de atos encadeados que não o façam pensar no quarto vazio de Antônia, na briga com Alice, nas fotos que insistem em fazê-los lembrar. O carro sendo içado, a água buscando seu caminho para fora do veículo, escoando por todo os lugares que a física permite. O corpo inerte da filha desfigurado pelo impacto contra o muro de contenção, pela explosão, pelo segundo impacto, de aço, plástico e borracha contra a dureza do rio.

Alice está na sala do hospital, com sua mãe. Há grandes poltronas espalhadas pelo recinto e agulhas espetadas nos braços de cada uma das pessoas que ocupam esses assentos. Algo de muito ruim é mandado corpo adentro, pelas veias, na esperança de tentar matar algo ainda pior. Alice segura a mão de sua mãe com força. É a primeira sessão de quimioterapia dentre as muitas pelas quais passariam. É também a primeira vez que Alice vê o medo nos olhos da mulher que nunca pareceu ter medo de viver num mundo de homens, de criar uma filha sem pai. Alice usa fones de ouvido. Os fios brotam de suas orelhas e entram em seu bolso, plugados em um walkman. Talvez a música que ouvia naquele momento, naquela primeira sessão, fosse a mesma que ouve agora, em sua casa. Alice se afoga de passado, pois é o único tempo onde encontra conforto.

A seta do GPS leva Dante para cada vez mais longe dele mesmo. As largas avenidas iluminadas vão dando lugar a ruas secundárias, menores. Os carros vão rareando gradualmente, assim como as pessoas e a iluminação. Um cachorro revira um saco de lixo e se assusta com os faróis do carro de Dante. Um motoboy passa veloz, a caminho da próxima entrega. Uma mulher de minissaia e botas pretas de cano longo aponta na esquina, ao longe.

Alice agora está em frente ao espelho do salão com a mãe, o rosto magro e ossudo, já sem o fulgor nos olhos que sempre lhe foi característico. Alice ajusta os últimos retoques na peruca, apara com a tesoura algumas pontas na franja, ajeita o acessório na cabeça da mãe, o acomodando com delicadeza. A mãe sorri. Coloca, ela própria, as mãos sobre a cabeça, ajeitando a peruca. Alice a entendia. Talvez sempre tenha entendido, sem que ninguém tivesse precisado explicá-la. A autoridade, a rispidez, a postura de uma mãe forte, ciente de seu tempo e do que viria, tentando criar uma filha mulher para viver naquele, mas especialmente, neste mundo. E agora lhe ocorre que talvez ela própria tenha tentado reproduzir a estratégia com Antônia, embora acreditasse que, em algum momento, havia se perdido, confundindo rigidez com omissão e, depois, apatia. Mas de uma coisa estava convicta. Se, por um lado, de um determinado momento em diante, parecia não mais ser capaz de acolher Antônia, por outro, sabia que nunca a havia repelido, jamais a havia afastado intencionalmente, como acreditava que Dante havia feito com sua postura. Nunca chamara a filha de puta, nunca ameaçou deserdá-la, embora, ela própria, assim como Dante, também tivesse dificuldade de compreender e aceitar aquele comportamento que, para uma mulher de mais de 50 anos, parecia estranho e mesmo perigoso.

Agora Dante já não presta atenção ao mapa. Seus olhos se voltam para a vitrine na qual a rua acaba de se converter. Trafega com o automóvel lentamente. Uma mulher alta se debruça sobre a porta do carona e diz algo que oscila entre o sedutor e o cafona. Dante agradece e segue avançando lentamente. Vira uma esquina, um movimento que o mapa na tela do carro segue reproduzindo. Outras mulheres se aproximam, mas Dante recusa suas propostas. A rua parece um imenso feed de rede social. Porém, em vez de usar o indicador para trocar de imagens, Dante usa o pé no acelerador. A cada metro que avança, mais mulheres são exibidas, até que uma em particular chama sua atenção.

As músicas levam Alice cada vez mais longe, para trás e para o fundo. É o primeiro dia após a morte da mãe, e o salão precisa ser aberto. Ela se pega pensativa, parada em frente à porta de vidro, a grossa corrente dando voltas em torno do puxador de metal e o cadeado robusto selando aquela fortaleza. Vê seu reflexo opaco e translúcido no vidro, e mais ao longe, também em um dos espelhos dentro do salão. Lembra-se de que a primeira coisa que faz ao entrar é regar as samambaias. Depois, liga o rádio e, desde aquele dia, começa a trabalhar, sempre tentando nunca mais olhar para trás.

A mulher é jovem, talvez 20 ou 25 anos, uma idade difícil de precisar devido à maquiagem pesada. Tem o rosto salpicado de sardas, que descem e se espalham endemicamente pelo corpo. Ela puxa assunto, falando sobre amenidades, enquanto Dante avança com o carro para um local mais distante e afastado das outras mulheres. Ela põe a mão sobre a perna de Dante, pergunta o que ele gosta de fazer. Dante olha para a frente, o olhar fixo, ao longe, encarando o vazio, as mãos segurando o volante com força. A mão da mulher avança, ela arma um sorriso e olha para a frente, na mesma direção para onde Dante olha, na esperança de talvez entender o que chama a atenção dele. Ela pergunta se está tudo bem com ele, e Dante desata um nó na garganta. Um choro que começa entrecortado e, aos poucos, vai se tornando galopante, compulsivo, um dilúvio. A mulher não se surpreende. Está acostumada, apenas olha para a frente e acaricia a perna de Dante, numa postura que é quase materna. Esse choro sem fim é tudo que Dante tem a entregar nesse momento. Ela desembarca, e o automóvel avança. As câmeras de segurança, com suas imagens em preto e branco, mostram o veículo se embrenhando por ruas cada vez menos simétricas e cada vez mais estreitas, escuras e profundas. Ruas onde não há pai, não há Alice, não há putas, nem Antônia. O carro dobra a última esquina e some para sempre em meio ao breu da noite.

Alice deita na cama enquanto a assistente virtual embala um sono pesado que começa assim que ela abraça o travesseiro com força. Ela adormece com a sensação de que, quando acordar, já não será a mesma.

36

A SALA DA CASA DE ALICE E DANTE ESTÁ VAZIA. Também a cozinha, o escritório, a suíte, o quarto de hóspedes, a sacada, os banheiros e o quarto de Antônia. A empregada doméstica toca a campainha, mas ninguém a atende. Ela liga para o celular de Alice, mas o aparelho acusa o número como inexistente. Ela apoia as mãos contra o vidro da janela da sala e encaixa a cabeça entre elas, os olhos rentes ao vidro, numa tentativa de ver o interior da casa. Liga mais uma vez, olha para os lados, em busca de vizinhos, mas desiste e vai embora.

Os cactos perderam um pouco de seu viço, mas resistem, sem água.

Mais tarde, um entregador toca a campainha com outra caixa, mas também não é atendido.

O telefone fixo toca, sua campainha estridente ressoa pela sala, entra em cada cômodo vazio se insinuando e tentando ocupar um espaço que ele não pode.

As câmeras de segurança mostram imagens que, devido à ausência de movimento, parecem fotos estáticas.

A assistente pessoal aguarda, impassível, pelo próximo comando que jamais virá.

Os dispositivos fora da tomada respiram por aparelhos. Tablets, laptops e smartwatches em seus últimos momentos de vida antes que suas baterias se esgotem para sempre.

O lado do closet de Dante está repleto de suas roupas.

No lado do closet de Alice, apenas os cabides repousam plácidos.

FIM

PARA SOFIA

TREZE ANOS DEPOIS, o mundo é mais líquido e mais brilhante e ao mesmo tempo mais opaco. As coisas se desmancham no ar. Na velocidade de um like. Tudo parece mais áspero. E todos têm muitas opiniões e as manifestam na mesma velocidade com que se esquecem do que disseram. E às vezes dizem tanto, sem dizer nada.

Treze anos depois, parece um mundo mais violento pra você. Ou sempre foi, eu só não prestava atenção porque não me atingia. Ou sempre foi, mas é que agora gera engajamento, essa palavra tão estúpida quanto aqueles que têm opinião sobre tudo.

Treze anos depois, nossos dias parecem tão ocos e tão esvaziados de sentido. Tão diferentes de cinco anos atrás. Absolutamente diferentes de dez anos atrás, a ponto de soar como um outro mundo, do qual eu quase nem lembro. Treze anos depois estamos mais tristes, embora todos os dias eu tente engendrar motivos pra te ver feliz. Às vezes eu acho que consigo. Quase sempre, não.

Eu ando pela casa com o olhar vazio. Não sei o que fazer com as mãos. Às vezes as coloco nos bolsos. Às vezes cruzo os braços. Às vezes nada me basta.

E você tem o rosto iluminado pela luz de não sei quantos nits de intensidade. Absorta ou aprisionada num mundo de não-coisas, que não se segura com as mãos, que não se cheira, que não se sente o gosto ou a textura. Só a emulação. A cópia e a cópia da cópia.

E o vazio dos dias se esgueira para as brechas da noite, do sono entrecortado pelas lacunas dos olhos encarando o teto, dos pés em fricção, um contra o outro, pelo medo do que vem amanhã e logo, adiante.

Sou um fantasma flanando pelos cômodos escuros da nossa casa e da madrugada. Vejo a luz que escorre por debaixo da porta do teu quarto e me preocupo, tento colocar limites, tento te explicar porque é preciso dormir, quando eu mesmo não consigo.

Treze anos depois, eu me vejo em você e acho que às vezes você se vê em mim. Tento te puxar pra fora, pra longe dessa luz inebriante, adicta.

Penso em todas as fotos que fiz pra não te esquecer, todos os vídeos, as lembranças das lembranças, mediadas por alguma tela luminosa, enterradas em algum servidor em alguma construção erma, disfarçada de nuvem, lembranças espectrais escondidas sob milhões de camadas de silício.

Treze anos depois, a gente ainda está por aqui e, bom, isso é algo a se celebrar. Mas o quanto nos custou chegar até esse vórtice febril que se tornou o mundo? O quanto envelhecemos? Bem mais que treze anos, me parece. E acho isso injusto com você. Na minha vez foi mais fácil. Eu acho.

Eu penso em como te ensinar todas as coisas que eu ainda acho que preciso te ensinar nesse mundo que se desmancha, mas tudo que eu consigo é escrever um livro. Um livro pra te salvar. A despeito de toda minha pretensão, ou da minha ingenuidade, um livro com todo o meu medo, mas todo o meu amor.

Se ainda estivermos por aqui, daqui treze anos, eu espero que você tenha me lido.

E quando você ainda estiver aqui, e eu não, eu espero que você me encontre em tudo que escrevi.

Este livro foi impresso nas oficinas gráficas da Editora Vozes Ltda.,
Rua Frei Luís, 100 – Petrópolis, RJ.